KB099644

# 삶에도 바람이 분다

# 삶에도 바람이 분다


발행일 2023년 9월 21일

지은이 김석순
펴낸이 손형국
펴낸곳 (주)북랩
편집인 선일영
편집 윤용민, 배진용, 김다빈, 김부경
디자인 이현수, 김민하, 안유경
제작 박기성, 구성우, 배상진
마케팅 김회란, 박진관
출판등록 2004. 12. 1(제2012-000051호)
주소 서울특별시 금천구 가산디지털 1로 168, 우림라이온스밸리 B동 B113~114호, C동 B101호
홈페이지 www.book.co.kr
전화번호 (02)2026-5777
팩스 (02)3159-9637

ISBN 979-11-93304-61-7 03810 (종이책) 979-11-93304-62-4 05810 (전자책)



잘못된 책은 구입한 곳에서 교환해드립니다.
이 책은 저작권법에 따라 보호받는 저작물이므로 무단 전재와 복제를 금합니다.



이 책은 (주)북랩이 보유한 리코 장비로 인쇄되었습니다.



**(주)북랩** 성공출판의 파트너

북랩 홈페이지와 패밀리 사이트에서 다양한 출판 솔루션을 만나 보세요!

**홈페이지** book.co.kr • **블로그** blog.naver.com/essaybook • **출판문의** book@book.co.kr

**작가 연락처 문의 ▸ ask.book.co.kr**

작가 연락처는 개인정보이므로 북랩에서 알려드릴 수 없습니다.

본 사업은 2023년 부산광역시, 부산문화재단 〈부산문화예술지원사업〉으로 지원을 받았습니다.

전원생활 이야기

# 삶에도 바람이 분다

김석순 지음

북랩

## 작가의 말

우리는 살아가면서 자신이 지향하는 바람[望]에 따라 숱한 바람[風]을 불러왔나 봅니다.

그 바람에 이끌려 사람을 만나고, 보금자리를 옮기며 엮었던 다채로운 인연들.

바람 같은 세월 속에 우리 낳은 아이는 어른이 되고 우리 심은 묘목은 아름드리나무가 되었습니다.

어제와 헤어지고 오늘을 만나고 또 내일을 기대하던 설렘.

바람 따라 살아온 우리 삶은 이별을 연습하는 과정인 것 같습니다.

도자기와 차를 벗하여 전원을 맴돌며 살아보니

삭막한 길섶 예쁘게 핀 노란 민들레도 잔디밭에서는 잡초가 되더군요.

문학의 너른 잔디밭에서 인연 따라 조심스레 피운 꽃맺이를 묶었습니다.

지난날의 묵은 흔적 같은 글들, 떠나보낸 것들에 대한 아련한 그리움과 아쉬움.

속마음을 들키는 것 같기도 하면서 왠지 서산 자락을 더듬는 엷은 햇살 같은.

가슴이 찡하고 마음결이 아려오는….

그래도

바람 따라 이리저리 화분으로, 땅으로 옮기면서도 40여 년을 함께한 결혼 일주년 기념의 느티나무 그늘에서

향기 그윽한 청차 한 잔 같이할 평생 동반이 옆에 있으니 오늘도 행복합니다.

2023. 8. 은행산원에서

김석순

## 차례

작가의 말 4

제1부

삶에도 바람이 분다

삶에도 바람이 분다10/ 목련꽃 그늘16/ 빨간 머리 앤의 벚꽃20/ 강변 산책24/ 붕어찜29/ 왕초보 화초 가꾸기34/ 장 담그기39/ 장작불을 지피며44/ 장작 벽난로 예찬49/ 낭만과 현실 사이56

제2부

전원의 불청객들

쥐와의 동고동락62/ 지네67/ 입양견 버꾸72/ 덫에 걸린 쥐78/ 잡초 마당83/ 뱀88/ 산새의 셋방살이93/ 까치집 유감99/ 한 마당 두 가족 105/ 두더지 퇴치 탐구생활112

제3부

## 차꽃 피는 산골

차꽃 피는 산골[120]/ 자두꽃 피는 공방[126]/ 도자기가 빚어낸 차향[130]/ 첫 찻잎을 따던 날[135]/ 남도 여행길의 단비[139]/ 5월의 차실[144]/ 할머니의 두릅나물[149]/ 대제 행사 다회[153]/ 오후 2시, 홍차의 매력에 빠지다[157]/ 차실을 꾸미다[162]

제4부

## 세월이 가면

이 뭐꼬[168]/ 흐르는 강물처럼[173]/ 인연의 꽃[179]/ 코로나 팬데믹 시대의 산골 집[183]/ 결혼기념일에 소나무를 심다[188]/ 망자의 날[193]/ 익숙하면서도 쉽지 않은 길[197]/ 시골살이[201]/ 세월이 가면[205]

평설 | 사람과 자연 합일의 수필 미학 210

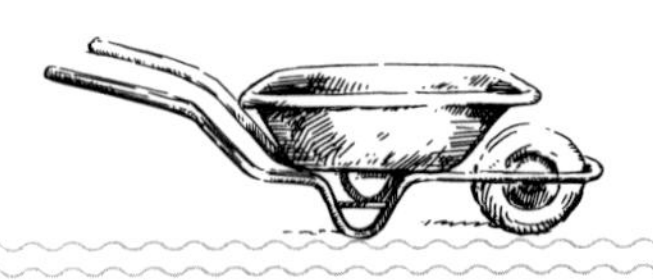

# 제1부

# 삶에도 바람이 분다

# 삶에도 바람이 분다

어디든 바람은 불어옵니다. 그 바람은 희망의 바람[望]이 되기도 하고 방향을 바꾸는 바람[風]이 되기도 하나 봅니다.

자연에서는 나무를 튼실하게 뿌리 내려 잘 자라도록 바람이 불어줍니다. 봄에 부는 바람은 꽃의 수정을 위한 실바람으로, 가을바람은 씨앗을 멀리 날려주는 간들바람으로 산과 들을 맴돌아 나무의 세상은 넓어지고 뿌리의 생각도 깊어집니다. 삶에도 이런 바람이 불어와 꿈을 꾸고 실현하고 뿌리내리게 하나 봅니다.

우리에게도 바람의 기회가 잦았습니다. 서낙동강변에서 평생을 맴도는 남편이지만, 나무를 좋아하는 탓에 전원생활의 바람몰이를 자초했습니다. 신혼 셋방살이의 잦은 이사 시절을 벗어나 좁쌀만 한 여유가 생기자 본격적으로 전원을 찾아 나섰거든요. 자연의 첫 품속은 도시 변두리 산자락의 자그마한 단독주택이었습니다. 열 평도 채 못 되는 마당을 그야말로 정글로 만들었습니다. 아이들이 자라 이 마당이 좁게 느껴질 즈음, 마침 두 아들도 기숙

학교로 가게 되어 직장 출퇴근의 먼 거리를 각오하면서도 남편 고향인 서낙동강변의 농촌으로 왔습니다. 밀과 보리 구분도 못 하고, 파밭과 마늘밭의 차이도 모르는 나였지만, 자연은 좋아했기에 의기투합했습니다.

강변이라 모기는 물론 지네, 쥐, 뱀 등과 치열한 싸움 속에서도 전원생활에 좀 익숙해지기 시작했습니다. 익숙해진다는 것은 안정이고, 안정이란 바람이 불지 않는 일상의 연속인가 봅니다. 우리는 또다시 더 깊은 산골 버려진 값싼 땅을 사서 별장을 만들기로 했습니다. 십 년쯤 지나 은퇴 후를 대비한 것이지요. 남편은 무릉도원을 꿈꾸었습니다.

아무런 연고도 없던 낯선 산골 계곡 옆에 꽤 넓은 터를 잡아 묘목을 심고 차나무 씨앗을 뿌려 농원을 가꾼 지 십 수 년의 세월이 흘러, 은퇴 무렵에는 나무들이 제자리를 잡고 봄부터 가을까지 아름다운 꽃동산이 형성되었습니다. 처음에는 소 닭 쳐다보듯 하던 멀리 아랫마을 주민들의 칭찬도 자자했습니다. 이른 봄에 피는 산수유와 매화를 시작으로 살구꽃, 벚꽃이 어우러지고, 곡우 무렵에 따던 차의 향기롭던 어린싹, 유월의 탐스런 매실, 살구 등 농원의 나무들은 우리가 가꾼 만큼 결실과 행복함을 안겨 주었습니다. 각종 행사 장소로 지인들과 함께 어울릴 수 있는 이 집이 우리 인생의 종착역이 되리라 굳게 믿었던 것이지요.

그런데 살다 보니 우리에게도 바람의 방향이 예상을 뛰어넘어야 하는 경우가 생겼습니다. 이 세상에 존재할 동안 길이 함께할 것 같았던 산골농원에 대한 우리의 애착도 마음에서 내려놓아야 되는 시절이 올 줄을 어찌 알았겠습니까.

역귀성의 추석날에 아들들이 던진 한마디 말 때문이었습니다. 장가들어 자식을 낳고 부모가 되더니 은퇴한 부모를 좀 더 가까이에서 자주 만나고 부대끼길 바라는 마음을 털어놓았습니다. 맥주 파티를 하면서 남편이 '우리 죽으면 서울 근처에 공원묘지를 마련할 계획'이라고 했을 때 아이들이 합창을 했습니다.

"돌아가신 후에 가까이 오면 무슨 의미가 있어요, 살았을 때 가까이 있어야지."

차를 몰고 산장으로 내려오는 동안 남편과 나는 이 말이 가슴속에서 떠나지를 않았습니다. 우리 부부의 활동무대가 좀 멀어지더라도 저들이 사는 곳과 가까운 장소를 물색하라는 아이들. 생각이 맴돌자 '우리도 이제 나이가 들었구나.' 하는 허허로움도 들었습니다.

새로운 바람몰이는 참으로 용기가 나지 않았습니다. 그래도 결단력과 추진력을 고루 갖춘 남편 덕에 우리는 즉각 계획을 세우고 후다닥 실천에 옮겼습니다. 돌이켜 보면 십여 년 노고로 완성해 놓은 무릉도원을 처분하고 다시 시작하기에는 너무 늦은 나이가 아닐까 싶어 은근히 걱정도 되었지만, 다시 세월이 흐른 뒤 지금 실행하지 않은 것을 후회하게 될까 봐 아쉬운 마음들은 일단 접어 두기로 했습니다.

당연히 산골 농원의 나무들에 반한 임자가 즉시 나타나 일은 빨리 진척되었고, 우리는 처음 빈 땅을 구입했던 그 늦가을에 산골 농원과 이별하게 되었습니다. 아름드리로 굵어진 각종 나무들을 보면 마음이 아려왔습니다. 주인을 잘 만나 억수로 재수 좋은 개라고 이름 지어 주었던 잡종견 '억구'도 원주인에게 돌아가고 인정 넘치던 아랫마을 어른들, 다정다감해 눈물을 보이던 이웃 스님과 보살님과도 이별을 하였습니다.

고향 근처를 떠나 또다시 처음처럼 민들레 홀씨마냥 아무런 연고도 없는 중부지역의 산골을 찾아 부지런히 발품을 팔았습니다. 이번에는 아들들 사는 곳에서 적당한 거리를 찾아 규모를 줄이고 아들들의 의사를 반영해 지역도 선택하고 땅을 가꿀 때도 노동력 도움을 받기로 하였습니다.

봄은 텅 빈 이곳에도 다시 찾아왔습니다. 새 땅을 다듬는 사이 초봄이 흘러갔습니다. 낯선 산골에도 차 씨를 뿌리는 동안 뻐꾸기가 머리 위로 날아가면서 뻐꾹뻐꾹 울음소리를 내어 존재감을 알리고, 휘파람새의 높으면서 경쾌한 소리도 여전히 들리네요. 딱따구리도 왔나 봅니다. 옛 농원에서는 나무를 쪼아 소식을 전하더니 여기까지 따라와 안부를 묻네요. 형편이 되면 집을 짓기로 하고 우선은 비닐하우스를 한 동 지었습니다. 뒤편으로 남편이 소중히 여기는 토종벌통도 옮겨 두었습니다. 원하는 이웃에게 두 통을 분양해 주었습니다.

연휴를 맞이해 아들 식구들과 캠핑을 시도했습니다. 아직은 날씨가 쌀쌀해서 비닐하우스 속에 텐트를 쳤습니다. 아들들은 아버지를 도와 기념식수도 하고 손주들의 손을 빌려 작은 꽃밭도 일구고 며느리와는 채소밭도 다듬었습니다. 이른 저녁을 먹고 차를 한잔하고 있으니 가까이에서 우는 개구리 소리가 소음처럼 들립니다. 혹시 어린 손주들이 낯선 환경에 개구리 소리까지 더해져 잠을 못 잘까 걱정하였습니다. 하지만 손주들은 빨리 적응하여 개구리 소리가 자연이 들려주는 자장가처럼 들리는지 금방 잠들고 우리도 내일 할 일을 의논하고 잠자리에 누웠습니다.

그동안 우리는 우리가 지향하는 바람[望]에 따라 순한 바람[風]을 불러왔나 봅니다. 아이들과 함께 어울린 이곳의 전원 바람은 어쩌면 우리 인생에 마지막이 될 것 같습니나. 머잖은 날, 우리 내외가 온전히 고향을 떠나올 무렵이면 이곳도 예전의 산골 농원처럼 초록색으로 일렁이겠지요. 그때면 마당 잔디 위로 제법 훌쩍 키가 큰 손주들의 웃음소리가 멀리 번지고, 결혼 첫 기념으로 사서 화분에서 자라다 이제는 땅으로 뿌리내린 40년생 느티나무에 매단 그네에 우리 내외도 흔들리면서 앉아 있겠지요. 그때도 뻐꾸기는 애꿎은 남의 둥지에 알을 낳고 자신의 존재를 알리기 위해 '뻐꾹뻐꾹' 하면서 하늘을 날아가겠지요. 그동안 심었던 수많은 수목들, 꽃나무들은 이후에도 오래도록 산록을 아름답게 꾸밀 것이고, 아이들의 가슴에는 우리 가족 전원생활의 희로애락이 은은한 향기로 스며 그들의 삶에도 훈훈한 바람이 일겠지요.

그 무렵이면 전원을 향해 설레던 우리 부부의 바람도 조용히 제 자리를 맴돌다 추억의 세월을 그리면서 황혼 속으로 가만히 잦아들겠지요.

# 목련꽃 그늘

베르테르의 편지를 읽어 주는 백목련은 추억의 꽃입니다. 이 세상 어느 누군들 청순한 백목련을 좋아하지 않겠습니까만 나도 유난히 이 꽃을 좋아하기에 우리 집 마당에도 백목련과 자목련이 우아하게 서 있습니다. 이 녀석들은 해마다 매화가 지고 난 다음의 텅 빈 자리를 그득히 채워주고 있습니다. 그런 백목련꽃을 바라보며 박하 향 물씬 스미는 목련꽃 차를 마시노라면, 나는 언제나 하얀 꽃구름을 타고 꿈 많던 소녀 시절로 돌아가곤 한답니다.

사월의 따스한 봄볕이 창가에 가득 드리운 학창 시절의 음악실. 창문 밖으로 키 큰 느티나무의 새순이 연둣빛으로 반짝이는 오후입니다. 첫 번째 맞는 실기 시험으로 긴장감이 가득한 시간이었습니다. 청아한 피아노 전주 소리가 울려 퍼지고 있었습니다. '목련꽃 그늘 아래서 베르테르의 편지 읽노라'로 시작되는 '사월의 노래'였습니다. 학년이 바뀌고 난 뒤 처음으로 치르는 실기 시험이라 다들 긴장한 채로 피아노 옆에 서서 전주가 끝나기를 기다리는 친구를 바라보고 있었습니다. 번호순으로 친구가 노래를 시작하자 반 아이들도 피아노 반주에 맞춰 열심히 마음속으로 따라서 연습을 하였습니다. 나도 긴장한 채 친구가 부르는 리듬에 맞춰 연습을 했습니다.

순서대로 시험이 진행되어 번호가 나보다 약간 앞 친구의 차례가 되었습니다. 그 친구는 평소에 성격이 활달하고 명랑하였습니다. 자신감에 차 씩씩하게 노래를 부르기 시작했습니다. 노래가 중간쯤 지나자 리듬을 잘 타서 우리 모두 감상에 젖어 있던 순간이었습니다. '아아, 멀리 떠나와 이름 없는 항구에서'라는 구절을 느닷없이 '아아, 멀리 떠나와 기름 없는 항구에서'라고 부르는 것이 아닙니까. 기름이라니! 개똥만 굴러가도 까르르대던 시절이라 음악실 안은 웃음소리로 넘쳐나고 순간 시험의 긴장감은 열어 논 창문을 통해 아름다운 사월의 하늘로 높이 날아오르고 있었습니다. 그날 이후로 백목련의 기억은 소녀 시절 사월의 따스한 햇살과 아름다운 피아노 소리, 가슴 설레게 하는 노랫말, 그리고 친구들의 환한 웃음이 되었습니다.

세월이 흘러 중년이 된 요즈음은 가끔씩 지인들과 마주하여 차를 마시곤 하는데 지난 3월 중순에는 매화가 한창일 때를 미리 계산을 하고서는 지인들을 집으로 초대하였습니다. 그러나 겨울 기운이 물러났어도 심술궂은 꽃샘추위 탓에 매화는 꽃을 활짝 피우지 못하고 듬성듬성 피어 있었습니다. 그래도 봄과 어우러지는 시골의 멋진 풍광이 있어 오랜만에 봄꽃들을 감상할 겸 따사로운 햇살이 들어오는 창가에서 차를 준비했습니다. 아직은 햇차가 나올 시기가 아니어서 아껴두었던 작설차를 우려 찻잔에 붓고 그 위에다 매화꽃을 한 송이씩 띄워 놓고 마셨습니다. 진한 매화향이 입안에 그윽하였습니다. 모두들 감탄하고 또 행복해 하면서 이른 봄을 만끽하였습니다.

우리는 각자가 잘 아는 색다른 차에 대해 이야기 하고 차를 만들어본 경험들을 나누기도 하며 잡다한 일상을 화제로 즐거운 시간을 보냈습니다. 그러던 중 할아버지가 한의사였던 한 지인이 어린 시절 목련꽃을 말려 차로 끓여 먹은 적이 있다고 이야기를 하였습니다. 그래서 우리도 목련꽃을 따다 생차로 우려먹어 보기로 하였습니다. 백목련꽃 봉오리를 몇 개를 따다 유리 다관에 넣고 뜨거운 물을 부었습니다. 우려낸 차의 탕색은 맑은 연녹색을 띤 노랑색이 되었고요. 마셔 보니 뜻밖이었습니다. 맛도 깔끔하고 향기는 박하향처럼 신선하였습니다. 백목련 꽃차 한 잔이 연둣빛 이른 봄의 향기와 풍경을 온몸에 배어들게 하는 것 같았습니다. 백목련의 차향에 매료된 우리들은 차 욕심을 부려 어린 목련 꽃봉오리를 서너 개씩 솎았습니다. 지퍼백에 넣어 냉동실에 두고 언제든지 이른 봄의 향기가 그리울 때 꺼내 마시기로 하였습니다.

특이한 차향을 풍겨 주는 그 목련꽃이 가끔은 꽃샘추위 폭탄을 맞아 수난을 당하기도 합니다. 그래도 계절은 언제나 제때에 찾아오고, 꽃들도 그 계절에 맞게 피는 것이라는 믿음은 변치 않을 것입니다. 어김없이 찾아오고 떠나간 봄, 여름, 가을, 겨울은 어느덧 나를 중년으로 불러 앉히고, 덩달아 내 아이들도 자라나서 이제 다들 어른이 되어 제 짝들과 보금자리를 꾸렸습니다.

생각해 보면 그동안 순환의 계절 속에서 우리 가족도 많은 꽃을 피운 것 같습니다. 그러다가 계절의 끝자락에 다다르면 우리도 각자의 열매를 위해 소리 없이 지는 아름다운 꽃처럼 훌쩍 가지를 떠나야 하게 되리라고 생각합니다.

올봄에는 서울에 가면 아이들과 백목련꽃차를 마실까 합니다. 꽃차를 마시면서 목련꽃의 내 소중한 추억담도 들려주고 우리 마당의 목련 풍경도 그려주면서 목련차의 향긋한 맛을 전해 주어야겠습니다. 그리하여 우리 아이들도 목련에 대한 아련한 추억 한 가지쯤을 담은 포근한 가슴을 지니고 살아가면 좋겠습니다.

# 빨간 머리 앤의 벚꽃

'빨간 머리 앤'이란 타이틀로 시작되는 배경 화면 위로 눈송이처럼 하얗게 내리는 벚꽃잎들. 그 사이로 꽃을 든 요정들이 하늘을 날고, 마차를 모는 아저씨 옆에 일어서서 두 팔을 벌린 채 꽃잎을 맞는 주인공 앤.

30년 전의 TV 속 어린이 만화의 시그널 화면입니다. 지금은 봄이 되면 어디서나 쉽게 가로수나 아파트의 화단, 낙동강 생태공원 옆 강둑 30리 벚꽃 길 둥지에서 꽃이 만개한 벚나무를 만날 수 있지만 당시에는 큰맘 먹고 진해를 가지 않는 한 이런 장관을 보기 힘들었기에 오랫동안 감동으로 남아 있었습니다.

큰아이가 다섯 살이던 무렵, 컬러TV가 널리 보급되기 시작하였습니다. 정부에서 정책적으로 흑백TV 시대의 막을 내리고자 했던 듯했습니다. 우리도 그즈음 장려하던 소액 대출을 받아 컬러TV로 바꾸었답니다. 흑백영상에서 컬러영상으로 보는 영상의 세계는 혁신 그 자체였습니다.

아이들이 즐겨보던 다양한 만화 영화 중에 '빨간 머리 앤'이라는 만화가 있었습니다. 다소 여자아이 취향인 듯한 전개였으나 요일별로 다른 만화를 방송하는 까닭에 남자아이인 우리 애들도 즐겨 보았습니다. 나도 함께 눈시울 가끔 붉히며 열심히 챙겨 보았습니다.

빨간 머리 앤은 소설이었으나 일본에서 만화 영화로 제작된 것입니다. 소설 원작가는 루시 모드 몽고메리이고 극의 줄거리는 주인공 앤이 고아로서 입양되었으나 항상 밝고 건강하게 자라 자신의 꿈을 키워나간다는 내용입니다.

TV 만화 빨간 머리 앤의 첫 회 줄거리 중에 앤을 입양할 매슈 커스버트가 마차를 타고 기차역으로 갑니다. 커스버트와 그의 누이동생 머릴러는 농사일을 도와 줄 사내아이를 입양하기를 원하였으나 착오로 여자아이인 앤이 오게 됩니다. 커스버트는 빼빼 마르고 주근깨투성인 불쌍한 앤을 차마 돌려보내지 못하고 농장으로 데리고 옵니다. 기차역에서 농장 그린게이블즈까지 마차로 돌아오는 길가에는 벚꽃이 만개하여 바람에 흩날리며 마치 꽃눈이 내리는 것 같아 보입니다. 정말 컬러TV의 위력을 실감하는 순간이었습니다. 그 장면은 매회마다 시그널 음악과 함께 시작을 알렸습니다. 마차를 탄 커스버트와 앤이 꽃잎들과 함께 공중을 날아가는 듯한 장면이 벚꽃이 만개하는 4월이 오면 항상 생각이 났습니다. 소설 속 무대에서는 벚꽃이 5월에 피었던지 벚꽃을 5월의 여왕이라고 하였습니다.

우리는 모든 사소한 것에서조차 영향을 주고받습니다, 나는 오랫동안 나무를 심을 기회가 온다면 벚나무를 심어 바람이 부는 날 꽃눈이 흩날리는 것을 보고 싶다고 늘 생각했답니다. 산골에 오니 그런 기회가 주어졌습니다. 벚나무 묘목은 그리 비싸지도 않았습니다. 대문이 될 곳을 위주로 네 그루 심고 집 양쪽으로 다섯 그루를 심었습니다. 벌써 묘목을 심은 지도 세월이 십여 년을 훌쩍 넘겼습니다. 벚나무들은 잘 자라 울이 되고 많은 가지들을 길게 뻗었습니다.

어느새 4월이 오면 벚나무는 화려한 자태를 뽐냅니다. 외출해 돌아오는 길에 아랫마을에서 집 쪽으로 쳐다보면 온통 환한 벚꽃은 꽃구름이 살짝 내려앉은 것같이 보입니다. 뒷산이 병풍처럼 두른 이 고요한 산골에 벚꽃은 밤새 꽃등을 켭니다. 때가 되어 꽃잎이 질 때 적당히 바람이 불어 주면 하늘하늘 꽃눈이 내립니다. 빨간 머리 앤이 커스버트의 마차를 타고 그린게이블즈로 가던 그때처럼 꽃의 요정들이 한 손에 꽃을 하나씩 들고 공중을 아름답게 유영하는 것 같습니다. 때로는 길섶에 심은 벚나무는 여름에 지나가는 사람들에게 쉬어가는 그늘이 되기도 한답니다.

서울에 살고 있는 작은 아들 집에 다니러 갔을 때 서재 책장에서 전집 10권으로 된 소설 빨간 머리 앤을 발견하였습니다. 며느리는 딸이 태어나자 훗날 아이가 크게 되면 함께 읽을 거라며 사두었답니다. 부모 세대가 감동받았던 작품을 자녀와 공감할 수 있다면 멋진 일입니다. 작은아들은 성인 된 후에도 여전히 웹툰에 관심이 많지만 그때 같이 보았던 어느 만화들보다 빨간 머리 앤에 대한 기억을 못 하는 걸 보면 내용 면에서 여성이 느끼는 감동과 차이가 있었나 봅니다. 며느리와 함께 만화 영화 빨간 머리 앤과 소설 빨간 머리 앤의 감동을 공유했습니다.

훗날 손녀와도 함께 벚꽃이 만개한 공간에서 빨간 머리 앤에 관한 감동을 공유하고 싶답니다. 해마다 같은 봄날이지만 손녀와 함께 할 새로운 4월을 기다려봅니다.

# 강변 산책

유난히도 더웠던 여름이 지나가는지 아침저녁으로 제법 선선합니다. 창가에는 계절의 변화를 예감한 풀벌레 소리가 제각각이면서도 합창처럼 하모니를 이루며 가을의 전주곡을 들려줍니다. 나이에 따라서 시간이 흘러가는 체감속도가 달라, 십 대는 기어가고 이십 대에는 걸어가고 삼십 대에는 뛰어가고 사십 대에는 차를 타고 달려가고 오십 대에는 비행기를 타고 날아가고 육십 대에는 로켓을 타고 간다더니…. 세월을 따라온 인생의 시계로 나를 쳐다보면, 계절은 이맘때이고 저녁놀이 서쪽 하늘을 물들이며 해는 서산에 반쯤 잠겨 있을 때입니다.

강변 마을인 우리 동네에서도 자연이 보여주는 아름다운 저녁놀을 볼 수 있습니다. 집 뒤에 있는 작은 동산인 덕도산으로 산책을 나서면 서낙동강에서 불어오는 제법 시원해진 바람을 맞습니다. 저 멀리 서쪽 하늘을 주홍색으로 물들이면서 지는 석양을 바라보며 '저 놀처럼 남은 생을 아름답게 살 수 있었으면'하는 생각에 잠기곤 합니다.

너무나 아름다운 이곳 가을의 저녁놀을 학창 시절에도 본 적이 있답니다. 평소 집과 학교가 동선의 전부이던 나에게 단짝이던 친구가 자기 집에 놀러 가자고 초대를 한 가을이었습니다. 토요일 방과 후 우리 집과는 반대 방향인 친구의 집으로 가는 버스에 올랐습니다. 한참을 달려 도착한 친구의 집이 있는 동네는 시골처럼 논이 많이 있었습니다. 지금의 위치로 보면 하단 로터리 그 부근인 듯싶습니다. 나는 낯선 풍경에 얼떨떨하면서도 마음은 설레고 들떠 있었습니다. 친구 집에서 점심을 먹고 숙제를 한 다음 우리는 동네 구경을 할 겸 산책을 나섰습니다. 논에는 벼들이 알알이 박힌 낱알이 무거워 고개를 숙이기 시작하였고 누런 빛깔을 띠었습니다. 우리가 걷는 길가에는 코스모스가 무리 지어 피어 있었고 멀리 을숙도로 가는 강변에는 갈대가 꽃을 피워 머리카락처럼 바람에 흔들리고 있었습니다. 우리는 천천히 걸으며 예의 사춘기적 감상에 젖어 논둑을 걸으면서도 가곡 '보리밭'을 누가 먼저라 할 것도 없이 부르고 있었습니다,

한참을 걸어 우리가 도착한 곳은 에덴공원이라는 곳이었습니다. 들판을 지나 야트막한 동산에 온 것입니다. 구불구불한 길을 지나 공원의 제일 높은 곳에 오르니 낙동강이 내려다보였습니다. 소나무 숲 사이로 내려다본 강과 멀리 바라다보이는 을숙도 풍경

은 한 폭의 그림이었습니다. 잔잔한 파도가 이는 강물은 햇빛을 받아 보석을 뿌려 놓은 듯 반짝이면서 하구로 천천히 흘러가고 있었습니다. 우리는 바닥에 각자의 손수건을 펴고 앉아 친구 애기랑 공부 얘기, 불확실한 미래에 대한 얘기들로 시간 가는 줄 모르다 집에 갈 시간이 늦었다 싶어 황급히 일어섰습니다. 고개를 드는 순간, 저 멀리 을숙도 너머 서쪽으로 입이 다물어지지 않을 만큼의 아름다운 저녁놀이 지고 있었습니다. 둘이서 말없이 그냥 감동에 젖어 한참을 서 있었습니다.

그 후로 친구와 나는 가끔씩 논둑길과 낙동강변을 산책하기도 하고 에덴공원을 올라 강물이 느릿느릿 흘러 하구로 가는 것을 바라보며 강바람을 맞기도 하였습니다. 우리는 시인이 되거나 아님 낭만적인 예술가가 되고 싶은 생각을 갖게 된 시간들이었습니다.

가을은 그렇게 우리의 곁을 떠났습니다. 추운 겨울이 지나고 각자 다른 상급학교로 진학하였습니다. 친구와 아름답던 산책길도 추억이 되었고 세월은 사람과 자연환경 모두를 변하게 하였습니다. 그 아름답던 동네, 간간이 초가집이 있고 마당에는 해바라기가 피고 맨드라미가 수탉의 벼슬처럼 피어 있던, 벼가 익어 온 들판이 황금물결로 일렁이던 곳은 상전벽해가 되었습니다. 을숙도에 하굿둑이 생기고 다리가 놓이고 도로가 생기더니 논들은 매립되어 건물과 아파트들이 들어섰습니다.

십 년이면 강산이 변한다는 세월을 두 번이나 보내고도 한참을 지나 아이의 학교에 진학 상담을 위해 방문하였다가 학부모로 왔던 그 친구를 다시 만났습니다. 그해 가을 꼭 우리들 나이쯤 된 아들을 둔 평범한 일상을 사는 아줌마로 만났습니다. 처음에는 다소 서먹하였으나 곧 사춘기 그 시절로 돌아간 양 들떠 추억의 편린들을 꺼내어 얘기하기 바빴답니다. 며칠 뒤 친구의 차를 타고 너무나 많이 변한 친구의 집이 있던 동네를 지나 에덴공원으로 갔습니다. 건물들이 많이 들어섰으나 공원 위쪽은 옛 흔적이 제법 남아 있었습니다. 청마 유치환 선생님의 시비에 새겨진 「깃발」을 읽으며 강물처럼 흘러간 세월을 잠시 잊고 그 시절의 소녀로 되돌아간 듯하였습니다. 친구는 대학에서 피아노를 전공하였고 지금은 자신이 다니는 교회에 피아노 반주로 봉사를 하면서 지낸다고 하였습니다. 아름다운 자연의 산책길에서 얻은 감수성이 친구는 음악을 나는 디자인을 공부하게 한 것 같았습니다.

그 만남 뒤 같은 학교로 진학한 아이들 때문에 친구를 종종 볼 수 있었으나 2년 후 미국으로 이민을 가 만나기 힘들게 되었습니다. 나도 아이들이 모두 대학을 진학한 다음 서낙동강 언저리인 강동으로 이사를 왔습니다. 시내쪽으로 볼일이 있을 땐 을숙도를 지나 니다. 저녁 무렵 하단 로터리를 지나 돌아올 때는 명지 멀리 저 너머 보개산으로 지는 석양을 마주하고 집으로 돌아옵니다. 40년의 세월 너머에 고이 간직되어 있던 마음 속 그 시절의 추억을 한 토막 한 토막씩 꺼내보는 시간이기도 합니다.

집 뒤에 있는 야트막한 동산 덕도산에 오르면 황금 들판이 펼친 저쪽에 서낙동강이 보이고, 그 너머로 보개산은 예전처럼 변함없이 자리하고 있습니다. 보개산 능선을 붉게 넘어가는 낙조도 여전합니다. 세월은 멈추지 않고 어제가 가고 또 오늘이 옵니다. 인생의 시간에서 황혼에 선 나는 예나 제나 변함없이 아름다운 저녁놀처럼 남은 시간을 가꾸고 싶습니다.

# 붕어찜

따사로운 봄날, 부엌창 너머로 고양이처럼 살그머니 다가온 햇볕을 느끼며 붕어찜을 시작합니다. 뜻밖에 손바닥보다 큰 붕어가 몇 마리 생긴 것입니다. 붕어는 남편이 얻어왔습니다. 남편이 옛 직장 후배 선생님들로부터 오랜만에 전화를 받았더니 집 근처 서낙동강의 샛강가에서 낚시 중이랍니다. 순간 얼굴에 환한 미소가 떠오르더니 외출 준비에 부산합니다.

먼저 붕어찜의 옛 기억부터 더듬어 봅니다. 붕어를 맹물로 적당히 삶은 다음 그 후에 묵은지랑 갖은양념을 넣습니다. 그래야 뼈가 물러진 채로 붕어 몸체가 모양을 내고 맛도 있다고 했습니다. 붕어를 냄비에 앉힌 후 물을 붓고 끓이기 시작했습니다.

남편을 거쳐 간 여러 취미 중에 민물낚시가 으뜸이었습니다. 십여 년 전 산골 집을 마련할 때도 연못을 파서 물고기를 넣고 키워 낚시를 한다면서 큼지막한 연못을 판 적도 있습니다. 우리는 아이들이 어렸을 때 낙동강변과 그 샛강으로 종종 낚시를 하러 갔습니다. 그즈음에는 아직 녹산 쪽이 김해군이었을 때입니다. 하단에서 명지 사이를 왕래하는 배를 타고 을숙도에 가기도 하였습니다. 사실 나는 낚시에 관심이 있었던 게 아니었습니다. 일상의 번잡함으로부터 잠시 떠나 있는 게 마냥 좋았답니다. 남편이 물고기를 잡아 올릴 때마다 아이들과 함께 신나하였지만요. 아이들도 집을 떠나 소풍 온 듯이 엄마가 싼 도시락과 간식을 먹는 재미도 쏠쏠했을 것입니다.

무심한 듯 흘러가는 강물과 선선한 바람, 갈숲에서 조잘대는 작은 새소리도 명랑하게 들렸습니다. 아이들은 작은 낚싯대를 하나씩 얻어 꿈틀대는 지렁이가 징그럽지도 않은지 곧잘 낚시바늘에 꿰곤 했습니다. 그리고 물고기가 잘 물지 않아 지루해지면 계절을 따라 나비나 혹은 잠자리를 쫓아다니기도 하고 갈댓잎 배를 만들어 띄우고는 흙덩이를 던지는 놀이도 하였습니다. 물고기를 잡는 낚시는 오롯이 남편 몫이었습니다. 돌아오는 길엔 항상 붕어 몇 마리가 낚시 그물망에 들어 있었습니다.

남편은 서낙동강변에서 자랐습니다. 강도 잘 알고 강에서 나는 먹거리를 좋아합니다. 그중에 붕어찜은 시댁 식구들이 모두 좋아하는 반찬이었습니다. 명절이 되면 차례 음식 다음으로 신경 써서 준비하는 것이 붕어찜이기도 했답니다. 붕어찜을 할 때는 먼저 커다란 무쇠솥 바닥에 우거지나 묵은지를 깔았습니다. 그 위에 손질한 붕어를 얹고 갖은양념에 고춧가루를 듬뿍 넣었습니다. 물을 자박하게 부은 후 솥뚜껑을 닫고 아궁이에 불을 때어 끓기 시작하면 구수한 냄새가 부엌을 가득 채우고 식구들의 침샘을 자극하였습니다.

그러나 한 가지 아쉬운 점은 내가 붕어를 먹지 못한다는 것입니다. 자랄 때에 한 번도 접하지 못한 민물고기인데다 구수한 냄새에 이끌려 먹어 봤는데 민물고기의 특유한 비릿한 맛과 흙내가 도저히 적응이 되지 않았습니다. 그런데 남편이 이 맛으로 먹는다고 하니 참 이상한 입맛입니다. 맛을 모르는 나는 남편이 낚시를 해 와서 깨끗하게 손질까지 해주는 붕어로 그저 시댁에서 본 것으로 붕어찜 흉내만 낼 뿐 참맛을 내지 못하는 것입니다. 바닷가에서 자란 나는 가끔 바다로 낚시를 가서 물고기를 잡아오는 것이 어떠냐고 희망 사항을 피력하기도 했답니다. 남편이 종종 붕어를 잡아와도 내가 붕어찜을 맛있게 만들지도 못하고 먹지도 않으니 취미였던 낚시도 슬슬 재미가 없어졌을 것 같습니다.

지금 우리는 서낙동강변을 인접한 마을에 살고 있지만 남편은 거의 낚시를 하러 가지 않습니다. 도시락 싸들고 따라가서 귀찮게 하던 마누라도 관심이 없어지고 아이들은 자라 독립하여 멀리 있어 같이 할 기회가 없는 탓인지도 모르겠습니다. 낙동강도 우리가 지나온 무수한 날들처럼 많은 변화를 겪었습니다. 을숙도에 하굿둑이 만들어지기 시작한 이래 4대강 사업까지 다양한 형태의 변화가 있었습니다. 그중에 다른 외래종 물고기의 낙동강 유입과 산업화로 인한 강물의 오염 등으로 토종 붕어가 잘 잡히진 않는다고 하니 가도 빈 그물망만 흔들며 돌아올지도 모를 일입니다.

외출에서 돌아오니 남편은 저녁 모임 약속 때문에 외출하고 없었습니다. 저녁을 하려고 냉장고 문을 여니 잘 손질한 붕어 몇 마리가 양푼이에 담겨져 있습니다. 꽤 큰놈들입니다. 비늘도 그냥 있고 지느러미도 자르지 않은 채 눈알이 동그랗습니다. 붕어를 장만할 때 남편은 내장만 꺼냅니다. 낮에 오래간만에 옛 직장 동료들을 만나 짧은 시간이나마 추억을 되살리며 몇 수 하였나 봅니다. 그분들이 잡은 물고기까지 몽땅 모아 집으로 가져온 것 같습니다. 오래전 붕어찜의 맛을 떠올리며 신이 나서 장만했을 것입니다.

저녁에 돌아온 남편은 눈을 반짝이며 낚시를 한 얘기를 들려줍니다. 근간에 통 붕어가 잘 잡히지 않았답니다. 그런데 오늘은 무척 운이 좋은 날이어서 물고기가 잘 잡혔는데 이유는 낚시의 고수인 남편이 낚시터를 방문한 때문이라고 하더랍니다. 이야기를 하면서도 붕어찜에 대한 기대를 잔뜩 하고 목으로 침도 꿀꺽 삼킵니다. 순간 걱정이 밀려 왔습니다. 흉내만 내던 붕어찜을 만들지 않은 지도 남편이 낚시를 하지 않은 것만큼 오래 되었기 때문입니다. 나의 속마음을 알 리 없는 남편은 일주일 내내 붕어찜을 반찬으로 먹을 수 있겠답니다.

오전 내내 붕어찜을 하는 구수한 냄새가 부엌에 그득합니다. 오래간만에 하는 붕어찜 냄새가 꽤 그럴듯합니다. 오래전 재래식 아궁이에 나무 타는 냄새와 섞인 구수함에는 못 미치지만 말입니다. 다시 끄집어낸 어설픈 나의 붕어찜 솜씨나마 남편의 기억 저 너머에 있는 추억 한 자락을 합하면 나름 괜찮은 붕어찜이겠구나 하는 생각을 하며 붕어찜의 간을 봅니다.

수십 년을 강을 끼고 남편과 함께 살았지만 역시 텁텁한 흙내가 납니다.

# 왕초보 화초 가꾸기

심기는 하지만 살게 될지는 나도 자신이 없습니다. 잎사귀는 마치 끓는 물에 살짝 데쳐놓은 취나물처럼 산 듯 죽은 듯 늘어졌네요. 어쩐지 죽을 것만 같은 화초, 멀리 서울에서 사온 우산나물입니다.

장마가 소강상태인지 우중충한 하늘에서 빗방울이 제 무게를 견디지 못해 후두둑 떨어집니다. 마실 나온 이웃 아주머니께서 '일을 통 못하신다더니 제법 하시네.'하는 말씀에 공연히 신이 나서 열심히 잡초를 뽑는 척했습니다. 시골살이에 왕초보인 나도 이제는 제법 '오늘 같은 날이 밭일하기가 좋은 날씨'라는 말을 건넬 정도의, 약간은 경험자인 척해봅니다. 꽃밭 옆의 차나무 아래 잡초를 뽑고 있던 남편은 다 시들어버린 우산나물을 보곤 여전히 심드렁한 표정입니다.

사실 서울에서 우산나물을 살 때는 이 모종을 어떻게 잘 운반할 것인지, 부산으로 갈 때까지 관리할 걱정 따위에는 전혀 생각이 없었습니다. 그저 내가 가꾸고 있는 꽃밭에 심어 두고 싶고 또 다른 데서는 잘 볼 수 없다는 이유로 덜컥 이 화초를 샀습니다. 살 때는 신이 나서 그중 싱싱한 것으로 골랐는데 키만 삐쭉하게 큰 것이 작은 비닐봉지에 담겨 이리 흔들 저리 흔들 하는 동안 벌써 풀이 죽어가는 모습입니다. 남편은 복잡한 서울 지하철에 부대끼면서 식물을 어떻게 가져갈 거냐고 대책 없이 식물을 구입한 나에게 짜증을 냈습니다.

남편이 퇴직을 하고 시골의 집수리와 나무 심기, 텃밭 가꾸기에다 내가 막 시작한 꽃밭에 정성을 쏟아 재미가 한창일 즈음, 큰아들 녀석의 손녀를 봐 달라는 요청으로 만사를 제처두고 얼마 동안 서울 생활을 하게 되었습니다. 서울에서 생활한 지 일주일이 지난 주말에 작은아들이 지내는 자취방에 청소도 할 겸해서 가게 되었는데 일요일에는 조경 박람회를 구경하였습니다. 박람회장에는 지하철 이동 거리가 좀 힘이 들어 큰아들 집에 갈 때는 작은아들 집에 한 번 더 들르기로 하고 핸드백만 챙겨 나왔습니다. 낯설고 복잡한 서울 지하철을 이용하면서 한 번 더 걸음을 해도 소지품들을 두고 간단한 차림으로 나오길 정말 잘하였구나 하고 생각했거든요.

박람회 장소에는 많은 부스에 건축에 관련된 다양한 자재들을 선보이고 있었습니다. 마침 우리도 집을 수리하던 중이어서 더욱 관심이 가는 것이 많이 있었으며, 특히 테라스를 만드는 신기한 자재며, 이동이 용이한 파라솔, 정원을 아름답게 꾸밀 수 있는 제품들을 눈여겨 보고 있던 중, 야생화로 꾸며 놓은 부스를 보게 되었습니다. 시골집에는 내가 일구어 놓은 서너 평의 야생화 꽃밭이 있는데 그곳에 심으면 좋겠다 싶은 야생화를 보게 되었고 주저없이 우산나물 두 포기를 샀습니다. 그런데 이것이 박람회 구경이나 이후의 하루 일정에 귀찮은 짐이 되어버려 그러잖아도 나의 꽃 가꾸기에 먼 산 달 구경하듯 한 남편의 심기를 건드린 것입니다.

남편이 나의 화초 취미에 심드렁한 데는 이유가 있긴 합니다. 20여 년 전 남편이 난초, 꽃과 나무를 좋아하여 열심히 가꾸고 다듬을 때에 나는 정말 무심히 보아왔던 것들입니다. 그러다 도심 생활을 정리하고 남편의 고향 언저리에 정착한 지 여러 해가 지난 다음에 자연을 느끼기 시작하면서 나도 조그만 풀꽃에 관심을 갖게 된 것입니다. 이때는 이미 남편이 화분 화초 취미를 버리고 난 뒤였습니다.

나는 잘 가꾸어진 예쁜 꽃들만 구경하였기에 기껏 꽃에 관심을 갖는다는 것이 화분째로 사다 나르거나 지인의 집에서 얻어 와서는 영문도 모르게 죽여 버리는 것이 일상사가 되었습니다. 시나브로 잎이 사라지는 녀석이 있는가 하면 물을 대중없이 많이 주어서 썩혀 죽이고, 아니면 겉에만 물을 찔끔거려 말려 죽이고, 욕심이 앞서서 거름을 많이 주어 배배 틀어지게 하는 등 나는 어느덧 화초 킬러가 되어 있었습니다. 일반적으로 잘 산다는 관음죽마저도 물을 많이 주어 1년이 넘도록 비실거리며 새잎이 나지 않아 뽑아 보니 뿌리는 녹아 없어지고 잎만 덩그러니 붙어 있기도 했습니다.

어느 날은 지인들과 화원에 들러 야생화 화분을 서너 개 구입하여 집으로 돌아와 남편에게 보이며 신이 나서 열심히 꽃에 대해 얘기하였더니 남편은 '이제 불쌍한 생명 그만 죽이지.' 하면서 놀렸습니다.

지금도 욕심을 다 버리지 못해 좀 좋다 싶은 꽃이 눈에 띄면 사다 모으지만 아직까지 자신이 없어 환경이 열악해도 잘 사는 질긴 야생화라든지, 물관리가 쉬운 수생식물에 관심을 갖고 있습니다. 이젠 죽이는 이력에도 종지부를 찍을 겸해서 화분이 아닌 텃밭 어귀에다 꽃밭을 만들고 그곳에 키가 큰 꽃과 작은 꽃을 배치해 키우고 있답니다. 물론 아직은 까다로운 녀석들은 내 성의를 비웃는 듯 비실비실하면서 생명만 붙어 있는 화초도 더러 있긴 하지만요.

내가 이렇게 늦게나마 식물에 관심을 갖고 행복해 하는 것은 꽃과 나무를 좋아하는 남편 덕분입니다. 남편은 젊어서나 나이

들어서나, 직장생활을 할 때나 퇴직을 한 후에나 여전히 변함없이 자연을 좋아합니다. 그래서 퇴직 후에는 본격적으로 농사에 관심을 가져 이제는 이곳 시골집을 거의 농장 수준으로 일을 벌여놓았거든요. 이곳의 작은방 창가에서 보이는 조그만 꽃밭에는 금낭화, 매발톱, 은방울꽃, 으아리, 비비추, 옥잠화, 초롱꽃 등이 항상 싱그러운 얼굴로 미소를 보내고 있습니다. 또 마당에 만들어 놓은 작은 연못에는 물만 있으면 절대로 죽지 않는다는 연이며 수련 등의 수생식물들이 자라고 있는데요. 이곳에 터를 잡은 무당개구리 두 마리가 짝짓기를 하는지 하루 종일 노래하면서 즐겁게 살고 있습니다.

생기 없는 우산나물을 심는 오늘도 이렇게 어우러진 자연들을 벗하며 지내는 것이 참으로 행복합니다. 비록 한 달 전에 옮겨 심은 꽃잔디를 까마득히 잊어버리는 바람에 잡초가 무성하게 덮어버린 그늘에서 꽃잔디가 녹아내리는 것을 들춰내며 무어라 잔소리를 하고 있는, 화초 가꾸기의 대선배 남편의 코웃음을 사고 있긴 하지만요.

# 장 담그기

음력으로 정월 그믐날, 더 이상 미룰 수 없어 약간 흐린 날씨인데도 불구하고 어제 씻어 놓은 메주로 간장을 담급니다. 내 신혼 무렵 시어머니께서 '음력 이월에는 장을 담그지 않는 거란다.'하고 일러 주신 말씀을 항상 지켜왔기에 그동안 서울 아이들 집에 다녀오느라 간장 담그는 마지막 날까지 미루게 되어 비가 올까 마음을 무척 졸인 터였습니다.

올해도 명절을 보내려 서울에 가 있는 동안 만삭이던 둘째 며느리가 손녀를 출산하는 바람에 명절을 보내고도 한 달여 가까이를 더 머물게 되어 장 담그기에 마땅한 날을 놓쳐 버린 것입니다. 서울에 있는 동안 새 손녀를 보는 재미도 쏠쏠했지만 장을 못 담그게 될까 봐 노심초사했습니다. 큰며느리는 가끔씩 내가 서울에 갈 일이 있을 때 간장이나 된장을 가져달라고 하나 그 양도 얼마 되지 않는 데다 간혹 모자라게 되면 친정에서 가져다 먹는 모양입니다. 작은 며느리는 친정이 지척이라 지금은 친정에서 모든 걸

조달하고 있답니다.

하지만 큰아들과 작은아들 집의 손주들도 자라고 또 식구도 늘면 간장과 된장을 먹는 양도 늘어나게 될 터이고, 나중에 나도 나이가 들면 장 담그기가 힘들 때를 대비하여 매년 거르지 않고 장을 담가 비축하고 있습니다. 그리고 밥도 제대로 잘 할 줄 모르던 신혼시절, 연로하셨던 시어머니께서 가정에서는 장이 모든 음식의 기본이라는 당신의 생각을 내게 가르치신 때문이기도 할 것입니다.

시어머니께서 처음으로 내게 장 담그기를 가르쳐 주신 그날을 나는 아직도 고마운 마음으로 생생히 기억하고 있습니다. 시어머니께서는 손수 장만하신 메주를 당시의 그 비좁은 시외버스를 갈아타시면서 기어이 막내의 집까지 이고 오셨습니다. 시골에서 잘 띄워 오신 메주를 자루에서 꺼내시고는 메주 띄우기며 장을 담그는 방법, 잘 보관하는 법 등을 알뜰하게 설명하셨습니다. 그리고 장을 담그는 시기는 음력으로 정월이 다 가기 전에 말[午]날을 택하여 장을 담가야 변하지 않고 맛있다고 말씀하시며 힘들더라도 장은 꼭 집에서 담가야 한다고 당부하셨습니다.

시어머니의 장 담그는 비법은 일 년 전에 미리 소금의 간수를 빼두는 것이 첫째였습니다. 다음은 가을에 잘 여문 메주콩을 골라 메주를 만들고 잘 말린 후 따뜻한 아랫목에서 띄우는 일이었습니다. 마지막으로 항아리에 장을 담그는 일이었습니다. 장 담그는 날은 될 수 있는 한 햇빛이 쨍하는 맑은 날을 택하여 잘 띄워진 메주를 깨끗이 솔로 빡빡 닦아 행군 다음 채반에 널어 물기 없이 바짝 말려 둘 것과 소금을 장 담기 하루 전에 염도를 맞추어 불순물이 가라앉아야 한다고 하시고 다음날 직접 시범을 보이셨습니다. 시어머니께서는 신문지 한 장을 뭉쳐 독 안에서 태워 항아리를 소독하시면서 원래는 짚불로 해야 한다고 하셨습니다. 그리고 메주와 염수, 숯, 말린 붉은 고추 등을 넣고 삼베 보자기로 항아리 전을 덮고 고무줄로 단단히 항아리의 전을 여미셨습니다. 간장을 담근 항아리를 행주로 깨끗이 닦으시며 제비가 돌아오는 삼짇날까지 잘 숙성시켜야 한다고 당부하셨습니다.

그 후 한동안 잘 여문 메주콩을 사서 직접 메주를 만들고 띄워서 장을 담그기도 하였으나 요즘은 지인한테 부탁하여 띄워진 메주를 사서 담그고 있습니다. 하지만 나는 지금도 시어머니께서 그날 가르치신 방법 그대로 염도계를 쓰지 않고 달걀을 염수에 띄워 표면을 보아서 염도를 맞추고, 다른 것들도 가르치신 방법에 따라 장을 담급니다. 장에다 숯을 넣는 이유는 잡냄새를 없애고 붉은 마른 고추를 몇 개 넣는 것은 장을 변하지 않게 해달라는 염원이 담겨 있답니다.

지금 생각해 보면 시어머니께서는 마음속으로 참 많은 생각을 하신 것 같습니다. 이제 갓 시집온 철없던 막내며느리를 당신이 연로하신 까닭에 일일이 장을 담가 주시지는 못하고 모든 한식의 기본이 되는 장 담그기를 가르치신 것 같습니다. 시어머니의 지혜로 장 담그는 일을 배운 것이 그때는 힘들다고 생각하였지만 지금은 얼마나 감사한지 모르겠습니다.

전원생활을 하는 요즘도 햇빛이 좋은 날에 장독 뚜껑을 열어놓고 있으면 왠지 내가 살림의 고수인 양 마음이 뿌듯하답니다. 나이가 들면서 전통문화에 관심이 많아진 나는 한 집안의 맛을 이어 가는 것도 전통문화를 지키는 방법이라고 생각하게 되었습니다. 또한 간장은 그 집안의 음식 맛을 좌우하는 기본이기에 가장 중요한 조미료이기도 합니다.

몇 년 전부터 시장에서 팔고 있는 먹을거리에 대한 불신으로 인해 오랜 기간을 먹는 저장 음식인 김장 김치 등은 각 가정에서도 직접 담가 먹는 추세에 있습니다. 하지만 장을 담그는 것도 김장하는 것처럼 크게 어렵지 않고 또 김장보다는 더 오랜 시간을 보관하여 먹을 수 있습니다. 김장도 배추를 절인 것을 사용할 수 있는 것처럼 장도 띄워진 메주를 사다 담그면 훨씬 수월하답니다. 아파트에서 생활한다고 해도 햇볕이 약간 드는 베란다에 항아리를 두고 장을 담그면 됩니다.

큰며느리는 음식 만드는 것도 좋아하고 아이들 과자도 집에서 자주 만들어 주곤 합니다. 작은며느리도 손끝이 야뭅니다. 지금은 아이들을 키우고 직장 일 하느라 시간이 없지만, 이다음에 시간이 나거나 아니면 내가 나이가 많아져 장을 담글 수 없게 될 때가 오면, 내가 시어머니께 배운 장 담그기를 며느리들에게도 가르쳐 주고 싶습니다. 그리하여 장을 담그는 일이 우리 며느리들 사이에 정담도 오가고 옛 추억도 더듬는 즐거운 문화로 이어져 갔으면 참 좋겠습니다.

# 장작불을 지피며

초겨울의 동녘 햇살이 엷게 비치는 아침, 우리 집 우물가에 앉혀놓은 무쇠 가마솥 아궁이에 편안한 자세로 퍼질러 앉아서 장작불을 지피고 있습니다. 장작불을 지피노라면 참숯 찜질방에서나 구경할 수 있는 원적외선까지 마음껏 쬐기도 하고, 또 불을 때면서 이런저런 사연들도 추억하게 되구요. 더구나 남은 숯불로는 고구마나 감자를 구워 먹을 수도 있지요. 장난꾸러기 애완견 버꾸녀석도 따끈한 불빛을 쬐느라 옆에서 꾸벅꾸벅 졸고 앉았네요.

요즈음은 웰빙이다 뭐다 해서 전통적인 방식의 먹거리가 환영을 받고 있지만 도회의 변두리 시골 강마을로 이사 온 10년 전만 해도 내가 살던 도시에서는 무쇠솥은 구시대의 유물처럼 생각하고 있을 무렵이었습니다. 그래도 토종닭이나 곰탕 등을 푹 고아야 한다면서 마당 구석에 시멘트와 벽돌로 부뚜막을 만들고 어렵사리 구한 가마솥을 얹었습니다. 솥이 비를 맞지 않도록 남편은 함석을 사다 가마솥에 모자를 씌워 주었습니다. 옛날 어른들 말씀대로 돼지고기의 비계로 가마솥 길들이기도 해두었습니다.

처음 이곳 강변마을로 이사를 올 때부터 역시 닭이 한가로이 노니는 시골의 정취는 있어야 할 것 같아서 미리 닭장 계획도 해 두었습니다. 남편은 공들여 닭들이 잘 지낼 수 있는 보금자리를 마련해 주었습니다. 트럭에 병아리를 싣고 다니는 아저씨에게 중병아리 여남은 마리를 사서 마당에 풀어 놓았습니다. 그런데 닭들을 풀어 놓으니 마당에 심어놓은 온갖 풀꽃이며 알뜰살뜰 가꾸어 놓은 채소밭을 쪼고 할퀴어 망가뜨리고, 명색이 새라서 그런지 아무 데나 똥을 싸 놓기 일쑤였지요. 또 닭을 놀라게 하는 강아지 녀석을 반드시 묶어 놓아야 했기 때문에 귀찮기도 하고, 강아지는 강아지대로 불만이라 여간 성가신 일이 아니었습니다. 궁리 끝에 좁기는 하지만 닭들이 살 수 있는 좁은 공간이 있는 뒤란에다 울타리를 쳤습니다.

초여름 무렵이었습니다. 닭장을 살펴보다가 깜짝 놀랐습니다. 생전 처음 보는 달걀—달걀이라고 하기에는 차라리 꿩알만 한 것이 바닥에서 두어 개 뒹굴고 있었습니다. 봄에 들였던 닭이 초란을 낳기 시작한 것입니다. 하도 신기하여 닭들이 초란을 낳는 대로 몇몇 지인들과 나누기도 하였습니다. 날이 더워지기 시작하면 언제나 지네 문제로 골머리를 썩였는데 이 닭이 뜻밖의 원군이 되었습니다. 닭을 놓아기르자 지네도 잡아먹어 지네닭백숙도 먹을 수 있게 되었습니다. 집 뒤에는 대나무밭이 있어 지네가 많아 일석이조의 닭장이 되었답니다. 처음엔 닭들이 털이 빠지는 놈들이 생기기 시작해서 걱정을 많이 했는데 이웃 어른들이 지네를 먹어 그렇다고 하면서 참 좋은 보약의 닭이라고 하네요.

한여름으로 접어들자 닭이 다 자랐고 이 무렵 대학을 다니던 두 아들이 방학하여 집에 내려온다기에 특별한 음식을 해주고 싶어서 처음으로 우리집 지네닭으로 닭백숙을 해주기로 하였습니다. 그런데요, 닭을 잡는 일은 그리 만만한 일이 아니었습니다. 닭 잡는 일이야 당연히 남편 몫이지요. 매사에 야무지고 확실한 성격의 남편이라 닭 잡는 데는 아무런 문제가 없을 줄 알았지요.

남편이 닭을 처음 잡던 날이었습니다. 어릴 때 많이 보았다면서 자신 있게 닭을 낚아챘습니다만, 닭의 목을 비틀 때는 고개를 외면하고는 진땀을 한참 흘리더니 칼을 들고 눈을 질끈 감고는 목을 자른 후 뜨거운 물을 달라고 했습니다. 털을 뽑고 내장을 들어내고는 닭을 장만하는데 옆에서 가만히 보니 보통 고역이 아닌 것 같았습니다. 그날 남편은 꽤 심한 몸살을 앓았습니다. 옆집 아주머니는 너무 쉽게 닭을 잡기에 물어보았더니 보기와는 달리 선생님이 왜 그리 겁이 많으냐고 하시면서 맥주병으로 닭의 머리를 탁 치면 닭이 기절을 한다네요. 그때 목을 자른다고 했습니다. 다음 닭을 잡을 때 남편은 맥주병을 들었지만 결국 때리지도 못했습니다. 또 한 번 몸살을 앓고 나서는 이 닭장을 두고 고민을 하는 눈치였습니다. 그러더니 다음번 잡을 때는 남편이 꽃밭에 구덩이를 파기 시작했습니다. 그리고는 닭을 그 속에 넣고는 세숫대야를 덮은 다음 닭의 목만 잡아당기고는 눈을 딱 감은 채 칼로 자르고는 세숫대야를 발로 누르고 있었습니다. 닭이 그 속에서 푸드덕거리는 모양입니다. 그 후로는 남편은 닭 잡는 일에 이 방법으로 익숙해졌습니다.

나는 나대로 닭백숙을 맛있게 하려고 마늘, 찹쌀, 등은 속을 채우고 대추, 뽕나무 가지, 황기, 당귀를 더 넣었습니다. 적당히 운동도 하고 풀이며 기타 등등을 먹고 자란 녀석들은 가마솥에 불을 때어 천천히 푹 삶으면 구수하고 깊은 맛이 있답니다. 여름에는 여름 나름으로 아궁이에 불을 지피면, 덥기는 하지만 장작이 타면서 나오는 뜨거운 열기가 꼭 싫은 것만은 아니랍니다.

시골 생활에 좀 이력이 붙은 후 토종닭도 함께 키우자는 욕심이 생겼습니다. 오일장에 가서 토종닭을 사려했더니 주인이 날아 도망가지 못하게 공중 울타리 간수를 잘 하라고 일렀습니다. 우리집 닭장은 아주 좁고 긴 공간이라 설마 하는 마음으로 안심을 했답니다. 그런데 이 녀석들이 자라더니 좁은 뒤란이 못마땅했던지 지붕 위로 수직으로 날아서 마당으로 나오기 시작했습니다. 소문대로 토종닭은 나는 것이 거의 새 수준이었습니다. 그런데 놀랍게도 지금까지는 전혀 날 줄 모르던 일반 닭들도 덩달아 날기 시작했습니다. 또 웃기는 것은 닭장의 문을 열어놓았는데도 녀석들은 제 집으로 들어갈 때도 악착같이 그 높은 지붕 위를 날아올라서는 지붕 뒤로 가서 또 날아내리는 것이었습니다. 아무리 가두고 녀석들의 머리 위에 그물을 덮어도 기어코 비집고 날아 나와 온 집 안을 누비면서 다시 마당을 엉망으로 만들어 버렸습니다. 또 쫓아다니는 개를 피해 담장 밖으로 날아간 닭은 대밭으로 들어가 버려 잡기도 힘들어, 스스로 돌아오기를 기다리면 밖에서 밤을 새고 돌아오는 경우도 있었지요.

그럭저럭 시골생활 이력 10년에 많은 자신이 붙었습니다만 남편은 이제 생목숨 잡는 것이 힘에 겨운가 봅니다. 닭 키우는 일을 점차 줄이려 하네요. 그래도 쇠꼬리 곰을 하거나 시장에서 파는 닭으로 백숙을 할 때면 여전히 무쇠가마솥을 애용한답니다. 오늘처럼, 남편이 자르고 쪼갠 장작으로 몽글몽글 피어나는 장작불 앞에 퍼질러 앉아 이런저런 따뜻한 상념에 잠기는 이 마당의 정취는 멋과 운치와 여유가 함께 어우러진 전원생활의 낭만이네요.

# 장작 벽난로 예찬

산골 집 난로는 역시 장작 벽난로가 제격입니다. 땔감도 넉넉하고 열효율도 최고인 데다 건강에도 친자연적이지요. 활활 타오르는 운치까지 곁들였으니 이만하면 최상이지 싶습니다. 특히 지난 겨울처럼 수십 년만의 폭설이 내린 날, 시뻘건 장작 난로를 옆에 두고 따끈한 보이차를 마시던 기억은 좀처럼 잊혀 질 것 같지가 않습니다.

그런데 우리는 이렇게 좋은 장작 벽난로를 들여놓기까지는 숱한 곡절을 겪어야 했답니다.

몇 년 전 남편이 퇴직하던 봄에 우리는 십 년을 그대로 방치하다시피 했던 산골 집을 대대적으로 수리하였습니다. 스무 평짜리 철골조 양옥을 온전히 우리 취향으로 개조했습니다. 경비를 아끼기 위해 이런저런 잡일에 솜씨깨나 있는 지인들의 도움을 받기로 했습니다. 앞산이 다 들어오는 큼지막한 통유리창을 거실의 앞뒤로 달고, 화장실에도 달았답니다. 난방은 온수관이 터지거나 고

장나지 않고 있기에 기존의 기름보일러를 그대로 활용하기로 했습니다. 겉으로 보기엔 그럴듯한 전원주택이 되었습니다. 10여 년 전에 심어 두었던 온갖 나무들이 이미 거목이 된 덕분에 분위기가 꽉 짜여졌습니다.

매화로부터 출발한 마당의 온갖 꽃들이 살구, 복숭, 벚꽃, 목련, 라일락을 거쳐 어느덧 녹음 우거진 여름이 가고, 아름다운 단풍이 지고, 십년생 녹차밭의 하얀 꽃들마저 자취를 감추고는 겨울이 다가왔습니다. 그런데 보일러를 가동해보니 난방 배관이 완전 엉터리였습니다. 온수 배관의 간격이 너무 넓어 기름보일러를 아무리 가동시켜도 방바닥이 따뜻해지질 않았습니다. 바깥 날씨가 싸늘해지자 방의 온도 섭씨 1도 올리기가 너무 힘들었구요. 전기매트를 깔아도 공기가 너무 차가웠습니다. 방이래야 두 평짜리가 두 개인데 방들이 다 그 모양이었고 거실은 아예 한데나 진배없었습니다. 그렇다고 보일러를 계속해서 가동시킬 수도 없는 노릇이었습니다. 보일러 등유값이 계속 올라서 유지비용을 감당하기가 어려웠기 때문이었습니다. 그래서 우리는 겨울을 따뜻하게 지내기 위해 보조 난방기기를 설치하기로 의논을 하고 틈나는 대로 다양하고 새로운 난방기의 정보를 구하려고 애썼습니다. 몇 군데의 중소기업 전시장도 찾아 둘러보았으나 가격과 효율성이 쉽게 맞아떨어지지가 않았습니다.

사실 우리는 남편 고향인 부산 속의 시골 강서구에서 10년 넘게 사는 동안 이미 온갖 난방기구를 다 사용해 본 경험이 있습니다. 우리 내외는 방바닥이 뜨끈뜨끈한 것을 좋아합니다. 아파트에서 단독주택으로 이사 온 연유는 이런 요인도 있었습니다. 당시의 시골집은 보일러를 계속 가동하면 그나마 방바닥은 뜨끈했습니다. 문제는 보온이 허술한 시골집의 거실이었습니다. 겨울이면 거실은 완전히 한데라 화장실 이용도 아침 준비도 오르르 떨면서 볼일을 보아야 했습니다. 보일러실이 골목에 붙어 있어 이사 온 지 일 년 만에 동네에서는 하루 종일 보일러가 돌아가는 집이라고 소문도 났습니다. 아파트에 비해 실내공기가 차가운 단독주택 생활에 적응하느라 난방비가 엄청났습니다. 여기서부터 문제가 생겨 온갖 난방기구를 사들이기 시작한 것입니다.

경제성과 편리성을 최우선으로 처음에는 작은 온풍기를 샀습니다. 그런데 사용해 보니 이 녀석은 난방의 기능이 선전과는 영 딴판이었습니다. 그러다 마침 독일제 라디에이터형 난방기를 구할 수 있었습니다. 이놈은 기특하게도 가습기능과 난방 예약 기능까지 있어 아침 기상 시각에 맞춰 가동이 가능하였습니다. 물을 돌리는 형태라 건강에도 그만이었습니다. 그런데 경악할 일이 생겼습니다. 한 달 전기 사용료가 난방기의 값만큼, 평소 우리집 전력 사용료의 4배가 나온 것입니다. 그렇지만 구입한 지 한 달밖에 안

된 난방기도 아깝고 보일러 등유 값 또한 만만하지 않아 한 달만 더 사용해 경제성을 따져 보기로 하였습니다. 그리고 한 달 뒤 그 난방기는 아까워서 버리지도 못하고 사온 지 두 달만에 비닐에 곱게 포장되어 다락에 수집되고 말았답니다. 독일은 전기료가 참 싼 국가인 모양입니다.

이 난방기를 시작으로 추위를 많이 타는 우리 내외는 난방비를 줄이면서 따뜻하게 지낼 요량으로 다양한 난방기를 이런저런 이유로 소장하게 되었습니다. 품목을 보면 연료를 전기로 하는 라디에이터, 온풍기, 구형 히터, 최신형 히터에다 등유를 사용하는 석유난로, 갈탄을 사용하는 주물난로에 절친한 남편 지인이 만든 강철 나무 난로까지 있습니다. 전기히터 난로를 두 개를 더 사고 나서야 하는 수 없이 다음에는 프로판가스 난로를 샀습니다. 처음 불을 붙일 때 나는 냄새가 문제였지만 어쩔 수 없었습니다. 보일러 등유 비용이 감당 안 되어 방바닥에는 제법 난방비도 줄이고 건강에도 도움이 된다는 약간 비싼 전기매트를 깔았습니다. 정말 각각의 다양한 장단점을 가진 난방기를 사용해 보았습니다.

그러나 지난해 겨울은 산골 집에 적합한 난로는 구하지 못했습니다. 차일피일하다 겨울을 맞게 되었고 난방이 잘 되지 않아 무척 추운 산골 집을 떠나 피한을 위해 제주도로 가서 보름 남짓 보내고 오기도 했답니다. 그래서 올해는 가을이 접어들 때부터 난방기를 선보이는 다양한 전시회를 가보거나 인터넷을 검색하여 정보를 수집하고 있었습니다. 편리하고 공해 없는 따뜻한 난방기를 원했고 경제성도 갖추어야 했기 때문이었습니다. 이번에는 정말이지 수집되어 창고에 소장되지 않고 값을 좀 지불하더라도 두고 오랫동안 잘 사용할 수 있는 난방기를 구입하고 싶었습니다.

나의 생각은 산골 전원주택에 꼭 알맞은 보조 난방기는 나무를 연료로 하되 잘 만들어져 연기가 밖으로 새지 않고 실내에 있으니까 외관도 조악하지 않는 것이었으면 했습니다. 그러니까 거실의 분위기를 따뜻하면서도 약간 우아하게 꾸밀 수 있다고나 할까요. 그렇다고 난방기의 가격이 너무 비싸다면 경제적이지 않기 때문에 3년쯤 사용 후에는 초기 투자 비용이 상쇄되어야 하였습니다. 그렇지만 나무 난로는 처음에 불을 붙이기가 용이하지 않고 따뜻해지는데 약간의 시간이 필요하다는 단점이 있어 남편의 반대에 부딪혔습니다. 내가 약간 낭만적인 생각으로 현실을 무시한다는 것이 남편의 생각이었습니다.

우리는 각자의 생각 차이를 줄이기 위해 두 곳의 나무 난로 매장을 방문 후 고심한 다음 남편이 나에게 양보하여 노출형 주물 벽난로를 사기로 결정했습니다. 아침 불 피우기는 내 담당이라는 남편의 조건을 승낙했습니다. 남편보다 먼저 일어나 처음 불 댕기기, 찬 공기를 데워놓기 등을 결정했습니다. 난로값이 제법 비싸서 값이 좀 낮은 놈으로 샀습니다. 남편은 난로의 연통을 직접 설치하여 인건비를 아꼈습니다. 적벽돌을 쌓아 벽막이를 하고 디자인을 알맞게 하여 설치를 해 놓고 보니 벽난로가 들어앉은 거실의 분위기가 꽤 좋았습니다.

남편은 간벌하는 참나무를 수소문하여 전기톱으로 자르기도 하면서 여기저기 장작으로 쓸 나무들을 사 모아 적극적으로 난로를 잘 사용할 수 있게 배려했습니다. 또한 둥치가 큰 나무는 도끼로 패어 보기 좋게 쌓아 겨울 준비를 하여 산골의 풍광을 덤으로 풍성하게 만들었습니다.

이 장작 벽난로의 가장 큰 장점은 난로 위에 주전자를 올려 찻물을 끓일 수 있고, 이 물을 끓일 때 나는 수증기가 가습기 역할을 하니 일석이조였습니다. 연신 기름보일러를 가동시켜도 밖의 기온이 10도 이하로 내려가면 실내 온도를 18도 이상 올리기가 불가능했는데 나무를 난로에 넣어 한 시간 이상 꾸준히 때면 20도 이상 실내 온도가 올라가 정말 따뜻하게 보낼 수 있게 되었습니다. 처음에는 불붙이는 요령이 없어 고생을 했지만 이젠 불도 쉽게 붙일 수 있게 되었고, 불을 붙인 후 실내가 따뜻해지는데 필요한 약간의 시간은 전기 히터의 도움을 받기로 했습니다.

장작 난로이기에 아침에 일어나 처음 불을 붙일 때 추위에다 장작불이 금방 활활 타는 것이 아니므로 힘이 좀 드는 것은 사실입니다. 그리고 불을 붙인 후 적어도 20분 정도는 지나야 집 안에 온기가 돌기 시작하지만 장작 벽난로는 이 정도 고충은 감수할 충분한 가치가 있는 난방기구입니다.

이제는 남편도 집에 손님이 오면 난로를 자랑하게 되었고 서울에 있는 손주들이 와서도 따뜻하게 지낼 수도 있게 되었습니다. 아파트 생활을 하기 때문에 어린 손주들이 추울까 봐 겨울에는 다녀가라는 소리를 못하였는데, 유난히 추웠던 올겨울도 난로 덕분에 온 가족이 산골에 모여 연말을 즐겁게 보냈습니다. 도시의 아파트에 비하면 여전히 약간은 춥고 불편하지만 그것마저도 즐거운 추억으로 생각하며 서로 살아가는 이야기에 또 꼬맹이들의 재롱을 보며 마음까지 따뜻해지는 날들을 이 깊은 산중에서 장작 벽난로 덕분에 낭만적으로 보낼 수 있었습니다. 역시 산골집 난로는 장작 벽난로가 제격입니다.

# 낭만과 현실 사이

한파 주의보가 내리더니 충청도 산골 집에 밤새 눈이 내렸습니다. 전형적인 경상도 아지매라 눈만 보면 좋아라 하는 짓이 마치 뒷집 흰둥이 같습니다. 남편은 밖에 매달아 둔 온도계가 영하 14도로 내려갔다며 연신 휴대폰으로 인증샷을 찍어 지인들에게 눈이 온 풍경과 함께 보낸다고 야단입니다. 본가가 있는 부산 강서구는 해맑은 하늘이라네요.

그러나 낭만은 딱 거기까지.

단단히 챙겨 입고 마을버스가 다니는 동네 큰길까지 무려 800미터나 되는 진입로의 눈을 치워야 합니다. 우리 형편은 그래도 햇살이 퍼질 때쯤 느긋하게 치우면 되지만 이웃의 형편상 이른 아침부터 제설작업입니다. 정년 후 직장을 다니는 딸의 아이를 키우는 뒷집 선생님께서 손녀를 유치원에 차로 등원을 시켜야 해 더 일찍 서두릅니다.

간밤에 펑펑 내린 눈은 아침에 창의 커튼을 열어젖혔을 때 딱

벌어진 입을 닫을 수 없을 정도로 감탄사를 연발하게 만듭니다. 남쪽의 산등성이 오래된 소나무 군락 위로 쌓인 눈의 풍광은 한 폭의 수묵화입니다. 겨울이라 휑하던 계단식 논들도 눈에 묻혀 백색의 새 세상이 되었습니다. 부산은 눈이 거의 오지 않는 곳이라, 항상 겨울이 되면 매스컴에서 눈 내리는 일기예보를 할 때마다 부러워하며 혹시나 여기도 눈이 올까 기대하곤 하였습니다. 남편은 그런 나를 보며 부산에 눈이 오면 온 도시가 마비된다고 어이없어하는 표정이었습니다. 비탈진 도로가 많은데다 눈도 잘 오지 않은 지역이라 제설 장비도 제설 경험도 없어 그럴 것이라 했습니다. 우리가 처음에 터를 잡았던 산골 밀양집도 겨울에 눈이 오지 않는 것은 마찬가지여서 항상 겨울 풍광이 살짝 아쉬웠습니다.

겨울만 되면 눈이 오기를 고대하던 나를 위해 남편이 눈 구경을 가자고 했던 옛 생각이 납니다. 저녁에 일기예보 보던 중 중부지방에 눈이 내린다는 소식을 접하고 즉흥적으로 간단한 옷가지만 챙겨 눈 구경을 나섰습니다. 행선지를 소백산으로 정하고 부산역으로 가서 차표를 끊었습니다. 수학여행 가는 아이마냥 얼마나 설레었던지요. 기차를 타고 가는 내내 창으로 먼 산에라도 눈빛을 보기를 기대하며 창에서 눈을 떼지 못했습니다. 그러나 눈은 그림자도 보이지 않았습니다. 정작 도착한 소백산에는 내려 있었던 눈마저 녹아 음지에 가끔 눈이 눈에 띄었습니다. 실망이 이만저만이 아니었습니다.

우리는 그곳에서 저녁을 먹고 밤 기차를 타고 대전으로 가보기로 하였습니다. 일기예보가 적중하여서인지 기차가 출발하고 어둠이 깔리기 시작하자 한 송이씩 눈발이 날리기 시작하였습니다. 그렇게 시작된 눈은 시간이 지나면서 함박눈이 되어 펑펑 내렸습니다. 내 생애 첫 번째 대단한 눈을 보게 된 것이었습니다. 대전에 내렸을 땐 눈발이 약해져 있었지만 이미 내린 눈이 쌓여 발이 쑥쑥 빠졌습니다. 낯선 곳에 눈은 와서 걷기도 불편하였지만 눈이 내려 쌓인 것을 보는 것도 신나고. 말로만 듣던 숫눈, 아무도 밟지 않은 눈을 밟는 기쁨도 있었습니다. 눈으로 인해 더욱 밝아진 거리를 행복한 얼굴로 여기저기를 돌아다녔습니다.

근년에 새로 마련한 충청도 산골 집은 겨울이 되면 자주 눈이 내립니다. 낮에 내리는 함박눈을 거실창에서 바라보면 전혀 다른 세상에 온 것 같은 착각이 들 정도로 환상적입니다. 밤사이 나도 모르게 살짝 내린 눈도 신세계를 펼쳐 보입니다. 가끔 꿩 한 마리가 눈 쌓인 논 위로 먹이를 찾아 걸어 다니는 것을 보게 되면 그저 나도 자연의 일부임을 느끼기도 한답니다.

이번 눈사태에 남편은 뒷집 선생님과 함께 땀을 뻘뻘 흘리면서 마을버스가 다니는 길까지 눈을 치우고 와서는 감기몸살에 걸려 사나흘을 아파 병원 신세를 졌습니다. 이제는 나이도 있고 안 하던 일을 한다는 것이 쉬운 일이 아닌가 봅니다. 하지만 나는 아직도 낭만과 현실이 줄다리기를 한다면 어디다 응원을 보내야 할지 더 생각해 봐야 될 것 같습니다.

제2부

# 정원의 불청객들

# 쥐와의 동고동락

나는 결혼 이후 40년 동안 항상 쥐와 더불어 살고 있습니다. 지금 내가 사는 집이 대나무숲으로 둘러싸인 시골에다 돌 축대가 있는 마당이라 밖에야 당연히 쥐가 우글거릴 것이고, 보일러실도 어차피 저들과 나의 공동 활동무대로 점령당한 곳이니 어쩔 수 없겠지요. 또 낡은 슬레이트 지붕 밑의 딴천장이야 역사적으로나 전통적으로나 저놈들의 특별한 독립공간이라 내가 뭐 이래라저래라 간섭할 수도 없어, 기껏해야 자다가 일어나 빗자루로 천장을 쿵쿵 쥐어박을 수밖에 없는 곳이지요.

그런데 이놈들은 우리 집의 희한한 구조 덕택에 벽 속에도 후다닥거리고 다닙니다. 그것은 우리 집이 제 녀석들 살기에는 최상의 아파트모델이기 때문입니다. 우리 집은 남편의 특별한 발상으로 기존의 블록 외벽에다 나무 피죽을 다닥다닥 붙여 외관으로는 통나무집 같이 리모델링을 했는데 뜻밖에도 그 외벽이 온통 쥐들의 아파트식 공동주택이 되어버린 것입니다. 놈들이 일단 이 벽으로 들어만 가면 그 어떤 사냥꾼도 잡을 도리가 없는 거지요. 그래서 아마도 우리 집에 먼저 터를 잡은 영리한 놈들 중의 어떤 운수 사나운 녀석이 곳곳에 팔을 벌리고 누운 철제 벼락틀이나, 구멍구멍마다 부어놓은 쌀가루 쥐약 등으로 비명횡사한 후 나무뿌리 근처로 수목장을 당하고 나면, 주변 대나무밭 등에서 고양이나 족제비들 때문에 불안에 떨며 서시탐탐(鼠視眈眈) 기회를 노리던 놈이 잽싸게 또 그 자리를 차지하는 모양입니다.

쥐에 대한 경계심은 누구나 마찬가지겠지요. 그래서 철없을 적에야 '어머나!' 하고 먼저 도망을 친 후 어른에게 '저기, 쥐! 쥐!'하고 통보만 해버리면 그만이지만 어른이 되고 나면 어디 그게 되는 일입니까. 나도 철들고 난 후 맨 먼저 쥐와 정면으로, 그것도 일대일로 맞닥뜨린 것은 젊은시절이었습니다. 낡은 아파트 5층이었는데 처음 무언가 뽀르르 기어갈 때는 무슨 그림자인 줄 알았습니다. 그런데 부엌 싱크대 밑을 기웃거리다 뾰족한 주둥이와 몇 가닥 안 되는 수염, 그리고 말똥말똥한 두 눈을 바로 코앞에서 확인하는 순간, 부엌문을 뛰쳐나와 방으로 도망을 갔지요. 지금 생각해 보면 나보다 제 녀석이 훨씬 더 많이 놀랐을 것인데 그때는 왜 그랬는지 웃음이 납니다만 하여튼 꽤 절박했던 것은 틀림없었지요. 남편 퇴근할 때까지 꼼짝도 않고 벌벌 떨고 있었는데요, 그날 밤 남편은 녀석을 잡느라 온 집안에 한동안 난리를 치렀지요.

내 주변에 쥐가 많은 것은 아마도 팔자 소관인 것 같습니다. 사실은 내 바로 옆에도 늘상 큰 쥐가 한 분 붙어살거든요. 성마저도 서(徐) 씨인 남편은 쥐띠에다 자시(子時)에 태어나 운명적으로 평생을 쥐와 관련된 별명을 지녔다고 합니다. 사실 말아야 바른 말이지, 가만히 보면 하는 짓까지—남편에게 이건 좀 죄송스런 표현이지만—꼭 쥐를 빼닮아 늘 사부작거리고 바스락대는 성격이라 본인도 '나는 자타가 공인하는 쥐'라고 그럽니다. 내가 쥐 인형 한 마리를 사서 남편 차의 운전석에 우아하게 뉘어놓았더니 몇 년째 좋아라 하면서 데리고 다닙니다. 남편은 자기 별명에 대해 매우 우호적이라 친구는 물론 제자들도 쉽게 별명을 부르고 또 아무렇지도 않게 대답을 하는 것을 많이 보았습니다. 제가 들은 것만 해도 그 별명들이 점잖게는 '서생원(鼠生員)', 직업까지 겸한 '서샘', 나이 대접을 하는 '쥐 서방', 두목이라고 '쥐 대가리', 그냥 무덤덤한 '쥐'에서부터 키가 작다고 '쥐꼬리', 눈이 작다고 '쥐눈', '쥐똥' 등 이루 말할 수가 없습니다.

우리 아이들이 예닐곱 살 즈음 고3 학생 10여 명이 담임선생 집으로 쳐들어왔습니다. 그래서 좁은 방에서 와글와글 라면을 먹고 있는데 작은 녀석이 학생들을 가리키며 고자질을 했습니다.

"아빠, 이 형님들이 나보고 '느거 아빠는 쥐다, 쥐, 쥐.' 그랬어요."

그러자 황당해하며 긴장해 있는 학생들을 보고 남편은 "네놈들 내일 학교 가면 죽어!" 하고 웃었습니다. 또 한번은 나이가 40에 가까운 남편 제자들을 만났을 때입니다. 자기들이 학교 다닐 때는 유별나게 선생님들의 별명을 많이 불러서 골탕을 먹이고, 때로는 들켜서 혼쭐이 나곤 했답니다. 그런데 수학선생님 한 분과 남편은 대부분의 선생님들과는 달리 자기 별명에 대해서 공개적이라 별 재미가 없어 남편에게는 고양이나 쥐 소리로 약을 올렸다나요. 한번은 고3 야간자습 시간에 남편이 감독차 교실에 왔는데 누군가 '냐오옹~' 하면서 기가 막히게 고양이 소리를 내었답니다. 그러자 선생님이 정색을 하면서 범인은 자수를 하라고 했답니다. 학생들이 바짝 얼어 있는데 독촉의 카운트다운이 시작되었다나요. 하나, 둘, 셋을 넘기면 거짓말이 질색인 선생님한테 엄청난 단체기합이 돌아올 터라 학생들도 극도로 조마조마해 있는데 다행히 진범이 자수를 하여 앞으로 나가더랍니다. '이젠 한 놈 죽는구나.' 하고 숨을 죽이고 있는데 선생님은 바짝 긴장한 학생을 앞에 세워놓고 특유의 단호한 표정을 지으며 소리를 치더라나요.

"내 앞에서 고양이 소리 내지 마라. 내가 졸도하잖아, 임마!"

순간 온 교실은 천장이 떠나가도록 웃었다네요. 심지어 남편의 제자 김상욱 교수는 90년대에 대학가에 화제가 되었던 평론집 『시의 길을 여는 새벽별 하나』에서 남편의 영향으로 시인 겸 평론가가 되었다고 하면서 남편의 시(詩) 수업에 관한 독특한 강의법을 길게 소개하는데 남편의 실명에다 '쥐대가리'라고 구체적으로 별명을 적었더군요.

내가 쥐와 동고동락하며 사는 것은 남편이 쥐를 몰고 다니는 때문인지는 모르겠습니다. 창고에서 물건을 들다가 갑자기 쥐가 튀어나오는 바람에 질겁을 하여 울기도 몇 번이나 했지요. 하도 오랜 세월을 부대끼다 보니 이제는 천장에서 하루 이틀 소리가 없으면 나도 모르게 '가족들 몽땅 데리고 이사를 갔나?' 하면서 왠지 불길한 마음까지 들어 귀를 쫑그리게 됩니다.

나이에 걸맞지 않게도 만화 영화 '톰과 제리'는 만사 제쳐놓고 즐겁게 시청을 하는 우리집에는 쥐의 마릿수—남편은 빼고—를 헤아린다면 아마 수십 마리는 될 것이고, 없애고 또 없애도 우글거리기는 앞으로도 여전할 것입니다. 과거 보리쌀 한 톨도 얻어먹기 어렵던 가난한 시절, 매월 25일이 되면 온 나라가 일치단결하여 벌이던 소탕 작전에도 쥐꼬리 잘리지 않고 굳건히 살아남은 녀석들이라, 박멸할 수도 또 그럴 필요도 없다면 쫓고 잡는 가운데서도 적당한 거리를 두고 공존하면서 동고동락할 수밖에요.

이 세상 만유(萬有)에 의미 없이 그냥 존재하는 것이 어디 하나인들 있을라구요.

# 지네

쥬라기공원 시대에나 볼 수 있음 직한 크기, 청동기로 무장한 암갈색의 긴 동물!

번쩍거리는 머리 치켜들고 더듬이 슬슬 흔들면서 긴 몸 좌우로 출렁이며 그 많은 발에 걸맞지도 않게 슬금슬금 기어 지나가다, 또 들켰다 싶으면 눈 깜짝할 사이에 너무나도 잽싼 속도로 달아나는 동물. 운수 사나운 날엔 하필 내 발 쪽으로 달려오는, 생각만 하여도 온몸 오그라들며 소스라치게 되는 짐승 지네!

언덕 위의 하얀 집.

소녀 시절의 황홀한 꿈을 실은 뾰족지붕이 있는 유럽풍의 집은 아닐지라도, 낙동강을 두르고 앉은 옛 김해 들판의 산자락을 낀 한적한 마을에서 전원생활에 들어간 지도 벌써 몇 년이 훌쩍 넘었습니다. 고향이자 시정(詩情)의 향수가 서린 서낙동강변에서 살겠다고 벼르고 벼르던 남편의 오랜 소망을 따르기로 한 전원생활입니다.

강변마을로 정착하기 전에 남편은 몇 가지 약속을 먼저 해 주었습니다. 그림같은 전원주택에 어떤 경우에도 모기는 완벽히 방어해 주고, 주거 구조도 도시형으로 편리하게 하고, 불편한 교통편을 고려하여 내 차도 하나 장만해 준다고 하면서 일단 가옥대장이 살아 있는 낡은 집을 먼저 장만하였습니다. 그런데 막상 맞닥뜨리니 각종 규제로 건물 신축은 불가능하다네요. 마지못해 시작한 헌집 수리는 정말 생각보다 힘들었습니다. 그래도 남편의 특이한 착상과 이웃의 노고 아래 비록 슬레이트 지붕이기는 하지만 전통찻집 분위기 물씬 풍기는 통나무집의 흉내를 낸 엉터리 황토집이 완성되었습니다. 남편은 여기에다 철 따라 필 풀꽃과 나무들을 어수선 빽빽하게 심어놓고, 전통 삼계탕도 해 먹는다고 우물 옆에는 조선 솥 걸어 놓고, 닭도 여남은 마리 키우기 시작했습니다.

약속 잘 지키기로 유명한 남편은 즉각 실천에 옮겼습니다. 무섭기도 하거니와 모기 우글거리는 바깥 화장실 폐쇄는 기본이고, 모든 창문의 방충망에다 집 뒤의 대나무 숲에는 뱀이나 족제비 등의 출몰을 막는다고 그물망으로 울타리를 쳤습니다. 집 주위에 우거진 대나무 숲이나 그 속에 있는 무덤과 폐가의 무섬증도 차츰 옅어지기 시작했습니다. 슬레이트 지붕 위로 바스락거리는 짐승들의 발자국 소리나 울음소리 등도 그럭저럭 적응이 되어갔습니다.

그런데 이듬해 여름 장마철에 접어들자 전혀 예상치 못한 심각한 문제가 발생하기 시작했습니다. 그것은 모기가 아니라 시도 때도 없이 방안에까지 출몰하는 지네, 벌레라고 하기엔 너무 커 거의 짐승에 가까운 길이의 지네였습니다.

남편이 출근하고 난 뒤였습니다. 아침 설거지를 하면서 대추를 달이기 위해 압력밥솥 뚜껑을 열려고 손잡이를 당겼습니다. 그런데 들고 있는 그 뚜껑의 손잡이 구멍에서 무언가 움직이더니 더듬이와 함께 그 암갈색 머리가 기어나오는 것이 아니겠습니까. 그것도 내 손과 불과 3센티미터의 거리에서 말입니다. 그냥 소스라치면서 반사적으로 에프킬라 통을 들고 와서는 두 눈 질끈 감은 채 온몸 오그리고 두 손 벌벌 떨며 퍼부었습니다. 그래도 이놈이 어디로 도망가는가 싶어 실눈은 가끔씩 뜨기도 하였습니다. 부근을 거의 저수지로 만들어서는 완전히 목욕을 시켜 버렸습니다. 다행히도 이놈들은 이 약에는 매우 약합니다. 그리고는 한숨 돌리고는 이놈의 완전한 죽음을 두 번 세 번 확인한 다음 양철 집게로 집어서 툇마루에 종이를 깔고 놓아두었습니다. 정말 큰 놈이었습니다. 남편이 퇴근하면 지난번처럼 나의 이 황당한 놀람과 용감한 전투를 하소연 겸 자랑해야 하니까요.

정신을 수습하고는 마루 걸레로 바닥을 훔치고 화장실 세숫대야에다 물을 받았습니다. 그런데 말입니다. 걸레를 물에 꾹 눌러 담그고 있는데 손등이 약간 간질거려서 살펴보니, 으악! 걸레 속에서 또 시꺼먼 머리 흔들며 지네가 슬금슬금 나오는 것이 아닙니까! 나는 소스라치면서 그만 엉엉 울어버렸습니다. 울면서도 에프킬라는 분명히 들고 왔고 아직도 물속에서 우물거리고 있는 그놈의 머리에다 그냥 또 퍼부어 댔습니다.

제정신이 아니었습니다. 에프킬라 한 통을 다 쏟아부었습니다. 그래 놓고는 당황한 마음을 진정시키려 마당으로 좇아 나왔습니다. 이 엄청난 공포를 누구에겐가 이야기를 해야 할 것 같아 집 주위를 둘러보았지만 이웃 아주머니들은 모두 들에 나간 모양입니다.

마당에 놓인 물건을 들면 지네가 누워 자고 있는 것은 예사였습니다. 아주 가끔은 잠자리에 들려고 펼쳐놓은 이불을 드는데 그놈의 지네가 똬리를 틀고 있기도 합니다만 이런 뒤치다꺼리는 모두 남편의 몫이지요. 다행히 항상 바닥을 조심하는 철저하고 소심한 덕택에 큰놈에게는 아직 한 번도 물리지는 않았습니다.

지네가 이렇게 집안에 출몰하는 원인이 창문 밑 틈의 빗물 구멍이라는 것을 알아낸 것은 2년이 더 지난 후였습니다. 이 틈새를 방지하자 요즘은 새끼 지네가 어쩌다 한두 마리씩 출몰하여 귀엽

게 솔솔거리는 모습을 보이기도 합니다. 그래도 몸에 무언가 스멀스멀한 느낌이 들거나, 어둠 속에서 긴 것이 움직이는 듯한 생각이 들면 자다가도 후다닥 일어나 확인을 하는 것은 나나 남편이나 여전합니다.

그렇다고 지금의 전원생활이 마냥 공포스러운 것만은 아니랍니다. 밭에 갔다 오면서 오이며 고구마 등을 아무 말 없이 대문간에 걸어놓는 이웃 아주머니들의 넉넉한 인심을 도심지의 어디에서 만날 수 있겠습니까? 아른아른한 봄날 먼 곳의 그리움 같은 뻐꾸기 소리, 소쩍새 우는 봄밤의 정취, 새끼를 몰고 다니는 까투리며 아침저녁으로 대숲에서 들리는 온갖 새소리에다 깊은 밤의 개구리들의 합창, 반딧불이가 노니는 맑은 공기, 확 트인 평야를 가로지르는 겨울 철새들에 이르기까지 나의 전원생활은 이만하면 매우 흡족한 편에 속한다고 할 수 있을 것 같습니다.

# 입양견 버꾸

"버꾸 너, 또 이렇게 할 거야? 이리 와!"

"으렁으렁, 중얼중얼"

내가 소리를 질러 나무라면 이 녀석은 반항기의 아이들처럼 꼭 말대꾸를 합니다. 별로 크지도 않은 덩치이면서도 그것도 기분 나쁘게 새까만 털과 새까만 눈알 사이로 흰 눈자위를 옆으로 흘기고는 코를 땅에 처박고 어깨를 축 늘어뜨려 어슬렁어슬렁, 터벅터벅 걸으면서 말입니다. 우리집에 입양된 지가 3년이나 지났는데도 이 녀석은 나를 아직도 깔보고 반항을 하고 있습니다.

이 녀석을 내가 처음 대면한 것은 우리 지역 예술촌이었습니다. 젊은 공예가에게 입양된 두어 살쯤 되는 새까만 코커스패니얼인데 낯선 이에게 경계심이 유별나기는 하였지만, 이웃 공방에서 매일 보는데도 유독 나에게만은 몇 해가 지나도록 검은 털 속의 하얀 눈자위를 위로 흘겨 뜨면서 으르렁거렸습니다. 평소 개를 그냥 무덤덤하게 생각하는 나도 이렇게 정면으로 맞닥뜨릴 때는 어릴 때 개에게 물린 기억이 되살아 항상 이 녀석 앞에서는 고양이 앞의 쥐 신세로 겁을 내었습니다.

그런데 이 녀석이 여러 곡절 끝에 정말 운 좋게도 우리집에 입양이 되었습니다. 녀석이 운이 좋은 것은 남편의 특별한 동물 사랑 때문입니다. 끔찍이도 개를 좋아하는 남편은 한 마리만 키우면 외로워한다, 묶어두면 잔인하다 등등의 이유를 대면서 온 집 안팎을 개로 채웁니다. 그래서 마당에 버꾸 말고도 스피츠 잡종인 까치가 있고, 실내에는 할머니 요크셔테리어—한 마리는 늙어 먼저 죽었습니다.—가 동동거리고 다닙니다.

버꾸가 우리집에 입양되던 날, 남편은 가까운 찻길에도 멀미를 한 녀석을 마당에 내려놓고는 한 뼘이나 되는 귀를 붙잡아 세워놓고는 예의 그 특유한 학교 교육 방식으로 강아지 길들이기를 시작했습니다.

"차렷! 열중 쉬엇! 앉아, 일어섯!"

"이제부터 내가 너의 주인이다. 알겠냐?"

"나는 이 집의 두목이니까 너의 생사여탈권까지 손에 쥐고 있다. 알겠냐?"

"그러니 내가 쥐어박는다고 대들면 더 맞는다. 알겠냐?"

"여기 이 여사님은 내 마누라요 너의 안주인이다. 더 이상 까불면 혼난다. 알겠냐?"

그러고는 그 큰 개를 안고는 마당을 몇 바퀴 돌았습니다. 개치고는 머리가 좋아서 그런지 이 녀석은 확실히 잔머리를 잘 굴립니다. 눈치는 있어 가지고 처음 우리집에 오던 날부터 당장 나를 보고 으르렁거리지도 않았습니다. 안면이 별로 없던 남편을 즉시부터 고분고분 따르기 시작했습니다. 특히 남편의 말은 어떤 경우라도 즉각 실천하거니와 절대로 으르렁대거나 중얼거리지 않습니다. 그랬다가는 즉각 혼이 나니까요.

그런데 입양 후 해가 거듭되어 옛 주인도 몰라보게 된 멍청한 주제에도 버꾸 녀석은 가끔씩 나한테는 아직 자기의 옛 권위를 부리려고 합니다. 제 녀석이 나를 제압한 기억을 아직 잊지 않고 있는 건지 아니면 내가 겁이 많은 건지 모르겠습니다. 말린 빨래를 걷어 바구니에 담아 놓고는 잠시 한눈을 팔다 보면 버꾸 녀석이 잽싸게 달려와 오줌을 찍, 갈겨놓고는 도망을 갑니다. 이때는 내가 따라가며 앙살을 부려도 으르렁대지는 않으면서도 예의 흰 눈자위로 힐끔거리면서 슬금슬금 도망을 갑니다. 아무리 불러도 다가오지를 않고 약을 올립니다.

이 녀석은 집 밖으로 나가기 위해 호시탐탐—남편은 매양 견시

탐탐(犬視眈眈)이라고 합니다.—기회를 노립니다. 차를 들여놓기 위해 대문을 열어젖히면 잽싸게 뛰쳐나갑니다. 내가 뒤를 따라가며 '버꾸야, 버꾸야' 하고 부르면 으렁으렁 중얼중얼하면서 힐끔힐끔 뒤만 돌아보고는 슬슬 더 멀어져 사람의 부아를 돋웁니다. 남편이 옆에 있을 땐 대문 밖에서 눈치를 보고 빙빙 돌면서 될까 말까 하고 잔머리를 굴리고 있다가도 남편의 '들어와!' 하는 한마디로 꼼짝없이 달려오면서 말입니다. 그래서 나는 내가 차를 몰고 출입을 할 때는 철저히 버꾸를 먼저 묶어둡니다.

그래도 가끔은 나의 부주의로 녀석이 집을 나갑니다. 버꾸가 집을 나가면 어디서 밥을 얻어먹는지 걱정이 되어 좀 창피하기는 하지만 버꾸를 부르며 온 동네를 찾아다니기도 한두 번이 아니었습니다. 그럴 때면 나와 남편은 신경전을 벌입니다. 남편의 주장은 "제 놈이 여기보다 더 살기 좋은 곳이 있으면 오지 말라고 그래." 하면서 대문을 닫아버립니다. 그러나 나는 걱정이 되어서 남편이 닫아버린 대문을 몰래 열어둡니다. 그러다 보면 하루 이틀이 지난 뒤의 어느 날 아침에 슬그머니 들어와 있다가 나를 보면 반갑다고 그 짧은 꼬리를 엉덩이에 달고는 온몸을 흔들어댑니다. 그러다 남편이 나오면 내 발밑에 납작 엎드려 눈알을 굴리며 남편의 눈치를 살핍니다.

동네 사람들 말에 의하면 바깥으로 도망을 나가서는 온 동네 개들의 두목 노릇을 하고 다니는 영리한 개라고 합니다. 이런 소리를 들으면 솔직히 기분 나쁘지는 않답니다. 한번은 동네 아저씨가 와서는 텔레비전에서 보았다면서 주인이 먹이를 땅에 놓고는 '기다려!' 하니까 개가 먹이만 바라보고 있더라고 하였습니다. 남편은 즉각 실험해 본다고 버꾸를 불렀습니다. 우리는 훈련도 안 된 개에게 무슨 당치도 않는 일이냐고 웃었습니다. 그런데 놀랍게도 버꾸는 남편의 '기다려!' 한 마디에, 그것도 단 첫 번째 명령에 즉각 굳은 듯이 서 있었습니다. 과자와 남편을 번갈아 보면서 침을 질질 흘리면서 말입니다.

이 녀석은 개구쟁이입니다. 특히 돌을 굴리는 장난이 어찌나 심한지 온 집 안의 크고 작은 돌덩이는 다 굴리고 다녀서 꽃밭이 절단입니다. 이 종류의 개가 원래 장난이 매우 심하다고 책에도 씌어 있더군요. 내가 돌덩이를 뺏어 다른 곳에 던져버리면 멀리서 지켜보고 있다가 다시 물어다 장난을 칩니다. 그래서 남편은 녀석의 전용 놀이터를 만들어 놓고는 물고 옮기지 못할 만큼의 큰 돌을 두어 개 가져다주었습니다.

우리 버꾸는 참으로 미남입니다. 사람들이 몰고 다니는 같은 종류의 개를 더러 보았지만, 아직 우리 버꾸만 한 인물을 본 적은 없습니다. 이 종류의 개들은 코의 모양이 인물을 좌우하는 것 같습니다. 미끈한 콧잔등과 복스럽게 통통한 콧날, 적당히 부풀어

오른 콧방울을 킁킁거리면서 여기저기 장난을 치며 온 집을 쏘다니는 우리 버꾸. 남편이 출근하고 아이들도 모두 떠나버린 텅 빈 집 안에 심심풀이 삼아 녀석과 말싸움을 하는 하루의 일상도 괜찮은 편에 속합니다. 더구나 나는 도시에서 자란 데다가 겁도 많고 소심한 성격이라 모두들 논밭으로 나가버린 시골의 텅 빈 동네가 아직도 적응이 잘되지 않습니다. 뒷산의 대밭으로, 지붕으로 낯선 짐승들 돌아다니는 밤중은 더 그렇답니다. 때로는 다른 짐승들 때문에 이웃에 미안할 정도로 짖어대기는 하지만, 미운 정 고운 정이 짙게 들어버린 우리 버꾸는, 어느새 나의 전원생활에서 없어서는 안 될 든든한 동반자가 되었답니다.

# 덫에 걸린 쥐

장맛비가 추적추적 내리던 밤, 간간이 몰아치는 바람 소리에 맞춰 뒤쪽의 대나무 잎이 사르륵사르륵 스치는 사이사이로 웬일인지 마당의 강아지 녀석도 밤새도록 징징대던 초여름이었습니다. 아침이 되자 여느 때와 마찬가지로 남편 출근을 도와준다고 같이 현관을 나섰더니 아뿔싸! 강아지가 묶인 채로 징징거리고 있었습니다. 엊저녁에 우리가 대문을 열 일이 있어 잠시만 개를 묶어 놓는다는 것이 그만 그대로 잊어버렸더군요. 평소 개를 묶지 않고 키우는 남편은 몹시 미안해하였습니다.

"어이구, 우리 멍멍이, 그래서 밤새도록 칭얼댔구나."

하고 목을 풀자 이 녀석은 잽싸게 앞으로 달려가더니 나무판자로 만든 낡은 창고문 앞에 코를 갖다 대어 킁킁거렸습니다. 남편과 같이 다가가 보니 철제로 된 시꺼먼 벼락틀이 문에 걸려 있고 쥐틀에는 쥐의 다리가 하나 끼어 있습니다. 우리는 오늘도 드디어 한 녀석 잡았다고 좋아라면서 희색이 만면했습니다. 사실 시골 우리집은 대밭에, 돌담에, 천장은 물론 벽까지 나무를 엉성하게 붙여 쥐들의 천국이라 이 녀석들의 마릿수가 엄청 많아 발에 채일 정도이거든요. 그래서 벼락틀만 해도 다섯 개가 넘고, 쌀알 쥐약에 끈끈이까지 온통 쥐 사냥에 혈안이 되어 있습니다.

우산을 받쳐 든 남편이 창고 문을 빼꼼히 열자, 창고 안에는 빗물에 젖은 큰 쥐가 동그란 눈을 새까맣게 뜨고는 놀란 표정으로 입을 짝짝 벌리며 경계를 하고 있습니다. 그런데 그 옆의 시멘트 바닥에는 방금 낳은 발가숭이 새끼 예닐곱 마리가 흩어져 있는 것이 아닙니까. 순간, 우리 내외는 서로 얼굴을 바라보며 할 말을 잃어버렸습니다. 새끼 쥐 중에 서너 놈은 약하게 꼼지락거리고 있었지만, 나머지는 꿈쩍 않아 죽었는지 살았는지 알 수가 없었습니다. 생각해 보니 밤에 벼락틀에 다리가 잡힌 녀석이 쥐틀을 끌고 이 창고 쪽으로 와서는 또 필사적으로 구멍을 뚫고 안으로 들어간 것입니다. 그러나 저가 뚫은 조그만 구멍으로 쥐틀을 끌고 갈 수가 없어 몸만 안으로 들어가 새끼를 낳은 모양입니다. 아마도 긴급한 상황을 당하여 어쩔 수 없는 조산(早産)일 수도 있겠지요.

그런데 어쩐지 '오늘은 운 좋게 이놈들을 떼거리로 몽땅 잡았구나!' 하는 생각보다도 마음 한구석에 안쓰러움이 더 크게 젖어왔습니다. 출근 시간은 촉박하고 비는 여전히 추적추적 내리는데 남편은 뭔가 짧은 생각에 잠기는 듯하더니 개를 다시 묶었습니다.

그러고는 양복 윗도리를 벗어주더니 작은 막대 하나를 들고 벼락틀 앞에 앉습니다. 쥐틀에는 핏물이 밴 앙상한 뼈가 드러난 작은 다리가 걸려 있었습니다. 과연 이제는 남편의 막대 세례가 닥칠 것인가 하는 마음으로 나는 지레 징그러워서 도망갈 준비부터 하고 있었습니다. 그런데 남편은 오므라진 벼락틀을 조심스레 벌리는 것이었습니다. 쥐가 구멍에서 도로 나와 몸을 돌려 물려고 하자 막대로 이 녀석을 누르더니 끙! 하고는 쥐틀을 벌렸습니다. 순간 어미 쥐는 후다닥 우리가 있는 방향으로 튀어나오다가 아차! 싶은지 다시 180도 회전을 하여 창고 안으로 달려갔습니다. 문을 살그머니 열어보니 새끼 쥐들만 젖은 채 뒹굴고 있고 어미 쥐는 보이지 않았습니다. 남편은 막대로 새끼 쥐를 비가 들치지 않는 안으로 밀어 넣은 다음 창고 문을 꼭 닫고는 차에 올라탔습니다. 그때야 나도 이 긴 느낌의 짧은 시간 동안 서로 한마디도 하지 않은 것을 깨달았습니다. 남편이 말없이 시동을 걸고 차를 대문 밖으로 뽑아낸 다음에야 잘 다녀오라고 손짓을 했습니다.

남편 출근 후 나는 겁이 나서 창고 근처는 얼씬도 못 하고는 그만 방에 들어박혀 버렸습니다. 다리가 부러졌을 어미 쥐와 비에 젖은 새끼들의 모습이 눈에 어른거리면서 이런저런 막연한 느낌들만 뇌리를 스칠 뿐, 딱히 이유도 없이 마음이 무척 우울했습니다. 아니, 솔직히 말해 방금 겪은 쥐에 대한 생각을 의도적으로 회피하고 있었던 것입니다. 지금 생각해 보면 위기를 맞은 어미 쥐의 절박한 출산을 상상하는 것 자체가 겁이 난 것이겠지요. 그리고 그 새끼들이 어떻게 되었을까, 몇 마리가 무사할까 등등을 생각하는 것도 마음이 편치 않았기 때문이겠지요.

그렇다고 인간이 쥐를 잡는다는 행위에 대한 반성을 할 수도 없는 노릇 아니겠습니까. 슬레이트 처마 끝에서 떨어지는 빗소리는 여전히 추적거리고, 갑갑한 마음에 창문을 열어보아야 멀리 보이는 뿌연 들판이 펼쳐질 뿐 무슨 생각이 떠오르지도, 일손도 잡히지 않는 한나절이었습니다. 괜히 밖에서 부스럭거리는 강아지 녀석에게만 '너 또 무슨 장난을 치는 거야!' 하면서 승강이를 벌이며 시간을 죽여갔습니다.

오후가 되자 날씨가 조금 맑아 오는 기미가 보이더니 새들의 울음소리가 들렸습니다. 그제서야 나도 마루로 나가 이것저것 정리를 하며 어정거리다가 늦은 점심 몇 숟갈을 참 맛없게 먹었습니다. 그러고는 개를 데리고 창고 앞으로 가서 어슬렁거려 보았습니다만 혼자서는 창고를 열어볼 엄두도 나지 않았습니다. 다만 스스로 기운을 차리는 의미로 쥐는 일단 무조건 잡아야 하는 것 아니냐고 자문자답을 하며 다시 방으로 와버렸습니다. 이런저런 책들을 뒤적이면서 시간이 지나자 생각은 차츰 정리가 되어가고 있었습니다.

쥐는 징그러운 동물이므로 무조건 잡아야 한다는 일념에 사로잡혀 있었을 뿐, 단 한번도 그들의 입장에서 생각한 적은 없었습니다. 이런 마음이야 보통 사람들은 누구나 마찬가지 사정이겠지만 막상 내 눈으로 그런 모습을 직접 확인하고 보니 이런저런 경험들을 한번 돌아보게 되는가 봅니다. 사실 지금까지 우리 내외가 숱하게 잡아서 묻은 놈 중에는 새끼를 밴 놈, 젖먹이를 둔 어미도 있었을 것입니다. 일 년에 만 원짜리 쥐약을 몇 개나 사들이면서 열심히 소탕전을 벌여왔음에도, 오늘 아침에는 그 어미 쥐를 살려준 남편의 마음이 참 깊었노라고 생각했습니다. 만약에 그냥 몽땅 죽여버렸으면 그 고물거리는 새끼들 모습이 두고두고 얼마나 긴 세월을 내 눈에 아른거리며 나를 괴롭히겠습니까.

남편 퇴근 후 둘이서 창고 문을 살그머니 열어보니 쥐 가족의 흔적은 어디에도 보이지 않았습니다.

# 잡초 마당

도회지에서 태어나 줄곧 시멘트 삭막한 환경에서만 살아온 나에게는 시골의 시댁 풍경은 참으로 낭만적이었습니다. 특히 푸른 강변의 갈대숲하며 그 강들을 따라 가늘게 어우러져 있는 이름 모르는 풀잎들이 그렇게 좋았습니다. 그리고 그냥 스쳐 지나가는 나의 무심한 발길에도 작고 앙증스런 꽃잎 드러내 보이며 강바람에 한들거리는 연약한 꽃님들, 철 따라 피고 지는 이름 모르는 풀꽃들이 또 좋았습니다.

꿈은 이루어지는 법. 우리도 고향 가까운 한적한 마을의 독메산 동쪽 산등 단독주택으로 이사를 하게 되었습니다. 푸른 숲에 목말랐던 우리는 낡은 집을 수리하면서 땅이란 땅은 온통 푸른색으로 덮기로 하였습니다. 사람이 다니는 곳은 모두 잔디를 깔기로 했고 여유가 있는 공간에는 밭으로 가꾸고 또 꽃을 심고 그리고 마지막으로 가장자리는 울타리 삼아 온갖 나무들, 특히 유실수들을 심었습니다. 툇마루 밑에도 잔디를 심었을 정도였으니까요. 우리는 사철 푸른 숲속에 빨간색 지붕이 어우러지는 그림 같은 풍경을 생각하며 회심의 미소를 지었습니다.

우선 겨울 들판으로 달려가 잔디 뿌리를 캐어 날랐고, 현관 앞에서부터 우물까지, 그리고 대문까지 온통 잔디를 심었습니다. 이른 봄이 되자 몇 평 되지도 않는 땅에는 채송화, 봉선화, 금낭화, 매발톱꽃, 초롱꽃, 상사화, 작약, 모란, 맥문동, 더덕, 둥굴레, 도라지에 팬지, 데이지 그리고 여러 종류의 허브에다, 장미, 꽃치자, 천리향, 기타 등등 온갖 기화요초를 가뜩 심고 울타리의 가장자리에는 매실, 단감, 동이감, 모과, 석류, 자두, 뽕나무, 능소화, 덩굴장미, 소나무 등 각종 나무를, 그리고 밭이 될 만한 자리에는 상추, 고추, 가지, 오이, 호박, 들깨, 쑥갓, 딸기에다 수박까지 두어 포기 심었습니다.

땅의 넓이와 식물의 종류를 잰다면 아마도 식물밀도는 우리집이 제일 높았을 것입니다. 덕분에 우리집의 봄은 가히 식물의 천국이 되었습니다. 갓 돋아나는 연두색 잎사귀들, 파릇파릇 돋아나는 잔디의 싱싱한 잎 사이로 심지도 않은 클로버가 고개를 내밀 땐 참으로 신통방통하였고 돌 틈에서 민들레가 피었을 때 고마워 하면서 행여나 밟을세라 조심도 해 주었습니다.

그런데 봄이 지나고 각종 식물이 자라면서부터는 서로 엉겨가는 녀석들을 갈라놓아야 했습니다. 제일 구분이 힘든 것은 잔디에 나는 잡초였습니다. 내가 보기에는 모양이 똑같은데 남편은 잘도 솎아내고 있었지요.

여름 장마철이 가까워지자, 꽃밭이나 채소밭이 문제가 심각해지기 시작했습니다. 비가 오고 난 뒤에는 밭매기가 좋다기에 하루는 나도 호미를 들었지요. 이제는 나도 잡초와 꽃, 그리도 채소 정도는 구분할 줄 아니까요. 한나절을 뙤약볕을 받으며 열심히 매었습니다. 풀뿌리는 생각보다는 억세었습니다. 성질 나쁜 계모가 콩쥐에게는 나무 호미를 주고 팥쥐에게는 무쇠 호미를 주어 밭을 매게 한 이유를 이제사 깨닫게 되었습니다.

뿌듯한 기분으로 맞이한 남편의 퇴근 시간, 대문에서부터 늘어놓는 나의 자랑을 듣고 나서 손바닥만한 밭을 바라보던 남편은 배를 움켜 쥐고는 눈물이 나도록 웃었습니다. 자기가 초등학교 4학년 무렵, 시키지도 않는 밭을 매어 놓고 자랑을 했을 때 크게 웃으시던 시어머니 생각이 난다고 하네요. 영문을 모르는 나를 세워 두고 남편은 넥타이를 풀고는 좁은 밭으로 내려서더니 뽑는 둥 뜯는 둥 어지럽게 내팽개쳐 둔 잡초들을 뿌리째 뽑더니 밭고랑에다 가급적 뿌리를 하늘로 향하게 하면서 가지런히 모아 놓았습니다.

비는 점점 잦아졌고 어울려 잡초는 끈질기게 자랐습니다. 잔디밭, 꽃밭, 채소밭은 온통 알 수 없는 잡초들로 엉겼고 해가 지나면서 빽빽하게 심은 나무들도 서로 뒤엉겨 빛을 못 보아서 키만 자라거나 이도 못한 녀석들은 말라 죽는 놈도 많이 생겨났습니다. 이른바 '잡초'라더니, 자르고 뜯고 뽑아도 잡초는 정말 끈질겼습니다. 옛날에는 푸른 풀잎이었고 앙증스런 꽃이었지만 이제는 엉클어진 머리칼 같은 어지럼증이 되어버렸습니다. 여기에다 어수선한 분위기에 맞춰 그 징그러운 지네들도 부엌으로 안방으로 종횡무진하며 톡톡히 한몫을 하는 통에 몇 번이나 까무러치기도 하고요.

전원생활 7년쯤 지난 후, 우리 집은 애초의 모습에서 확 변해버렸습니다. 집의 외벽 아래는 물론이고 사람이 다니는 통로나 주차 공간에는 자갈과 시멘트로 꼭꼭 눌러 덮어버려 잡초와는 확실한 선을 그어 두었습니다. 그래서 지네가 집 안으로 들어오려면 적어도 몇 발자국은 시멘트 바닥을 기어 오는 수고를 아끼지 말도록 해 버렸습니다. 자갈 위에는 전선용 둥근 탁자와 의자 몇 개도 펼쳐 야외 테라스를 만들었습니다. 잡초가 자랄 수 있는 공간은 좁혀 놓아 이제는 삼 년 묵은 뒷동뫼 같이 어수선한 집 안 모습에서 탈피하여 이전에 비해서는 다소나마 깔끔한 맛을 내는 폼이 제법 전원주택 같게 되었습니다.

그러나 초록 풀잎에 대한 미련과 그리움이 어디 그렇게 쉽사리 지워질 리야 있겠습니까. 집 주위의 대나무 숲은 여전히 푸르게 일렁거리고, 집 안 곳곳에는 아직도 초록의 덩어리가 무더기 무더기로 뒹굴고 있는 것을요.

# 뱀

도회 변두리 마을의 야트막한 뒷산, 산이래야 겨우 해발 50미터도 채 안 되는 언덕 같은 독뫼산의 중턱에 이사 온 지 한 3년쯤 지났을 때였습니다. 아직은 시골집 생활에 적응을 하지 못해 지네나 족제비 같은 온갖 벌레나 짐승들에 까무러치면서 황당해 하던 일요일 오후의 일입니다.

집 모퉁이에서 무언가 뚝닥거리고 있던 남편이 급히 삼각 사다리를 들고 달렸습니다. 워낙 바지런한 사람이라 으레 또 무슨 작업을 하려니 생각하고 있는데 우물 쪽에서 다급히 부르는 소리가 들렸습니다. 가보니 남편은 통나무 조각을 붙여놓은 벽에 사다리를 타고 올라가 톱으로 무언가를 누르고 있었습니다. 그런데 그 뒷모습이 매우 긴장된 채 온 힘을 쏟아 바르르 떨면서 벽에 붙어 있었습니다. 벽 아래쪽에는 배추벌레 하얀 가루약이 가득 흩어져 있었습니다.

나는 무슨 영문인지도 모른 채 느긋한 마음으로 느릿느릿 다가

갔습니다. 남편은 고개도 돌리지 않고 말했습니다.

"낫, 낫을 갖고 와."

느릿느릿 집 모서리로 돌아서는데 "빨리." 하는 다급한 목소리가 또 들렸습니다.

낫을 주었더니 통나무 조각 사이로 무언가를 꺼내려고 안간힘을 씁니다. 나는 팔짱을 끼고 구경하고 서 있었습니다. 한참 씨름을 하더니 벽의 나무 틈 사이로 가느다란 꼬리가 보였습니다. 작은 뱀 꼬리 같았습니다.

그때야 자세히 보니 남편이 톱날로 누르고 있는 것이 그 뱀의 머리였습니다. 머리도 매우 작았는데 뱀의 콧잔등에는 배추벌레 하얀 가루약이 묻어 있었습니다. 톱을 든 손으로는 뱀의 머리를 누르고, 낫을 든 다른 한 손으로는 뱀의 몸통을 끌어내는 것이었습니다.

나중에 안 이야기지만 남편은 이 뱀을 잡으려고 근 한 시간을 공을 들였답니다. 우물가로 가는데 뱀이 똬리를 틀고 있다가 남편을 보자 나무 피죽을 붙여놓은 벽으로 기어들어 간 것입니다. 처음 한 이십 분 정도는 막대를 들고 이놈이 나오기를 조용히 기다렸답니다. 놈이 꿈쩍도 않자 벽 틈을 따라 방으로 들어오면 큰일이다 싶어 벽을 두드리고 나무 틈으로 에프킬라를 뿌렸다고 했습니다. 이때부터는 톱을 들었답니다. 뱀이 날카로운 톱날을 피할 수는 없을 것이기 때문이랍니다. 에프킬라를 뿌려도 나오지 않자 배추벌레 가루약을 벽의 맨 위쪽에서 처마 끝을 따라 하얗게 털어 넣은 것입니다. 그제야 온몸에 가루약이 덮인 채 뱀이 벽 밖으로 고개를 내밀었고 남편은 톱날로 그 머리를 누르고 있었던 것입니다.

평소 남편은 이런 징그럽거나 무서운 일이 있으면 내가 놀랄까 봐 혼자 조용히 처리하곤 했습니다. 그리고는 아주 별것 아닌 것처럼 축소보고(?)를 했습니다. 그런데 오늘은 별스레 유난을 떨고 있습니다. 평소의 남편답지가 않습니다.

'쪼끄만 뱀 한 마리를 갖고 뭘 저리 긴장해서 악을 바락바락 쓴담.'

밑에서 혼자 구경을 하면서 중얼거리고 있었습니다.

사다리 위의 불안한 자세로 '끙끙' 소리까지 내며 한참 동안 안간힘을 쓰는데 그때부터 낫 끝에 끌려 나오는 뱀의 꼬리가 점점 굵어지기 시작했습니다. 이놈도 젖 먹던 힘을 다 쏟아 버티는 모양이었습니다. 조금 굵어지는가 싶더니 다시 나무 속으로 들어가 버립니다. 남편이 또 힘을 한번 주자 끌려 나온 꼬리 부분에서 하얀 배설물이 쏟아져 나왔습니다. 남편의 끙끙거리는 소리가 점점 크게 들렸고 뱀의 하얀 배 부분이 꿈틀거리며 휘어졌습니다. 생각보다는 꽤 큰놈인 것 같았습니다.

'저리 비켜!'

'꿍!' 하는 소리와 함께 남편이 고함을 지르는가 싶더니 '휙' 하며 뱀이 밖으로 튕겨져 나왔습니다.

나는 입을 딱 벌렸습니다.

머리와 꼬리에 비해 이 뱀의 몸통은 너무 큰 것이었고, 내 한 발쯤 되어 보였습니다.

집 안에 이런 뱀이 들어오다니!

10센티미터짜리 지네만 보던 나에게는 이놈은 정말 징그러운 괴물이었습니다. 흑갈색의 뱀이었습니다. 톱으로 누른 목 부분은 상처가 패여 있었지만, 아직 죽지는 않았습니다. 다만 죽을힘을 다해 버티느라 기운이 다 빠져 축 늘어져 있었습니다. 씩씩거리며 사다리에서 내려온 남편도 힘이 다 빠진 모양이었습니다. 즉시 남편은 대 막대로 뱀을 말아 들고는 뒤로 가더니 대밭으로 훌쩍 던졌습니다.

아마 처음에는 남편도 나 몰래 뱀을 처리하려 했을 것입니다. 집안에 뱀이 들어왔다면 내가 몹시 불안해 할 것이기 때문입니다. 그러나 사태가 복잡해지자 나를 불러들일 수밖에 없었을 것입니다.

그날 남편은 대밭과의 경계로 둘러쳐 놓은 그물망 울타리—흔들흔들하는 울타리라야 산짐승이나 뱀이 못 넘어 들어온다고 남편은 그물망으로 집 뒤를 둘러쳤습니다—를 다시 꼼꼼히 손질하고서야 저녁을 먹으러 들어왔습니다. 온몸이 땀으로 범벅이 되어 있었습니다.

저런 남편과 함께라면 공포의 전원생활도 그리 싫지만은 않은 하루였습니다.

# 산새의 셋방살이

산골 우리 별장에 산새 한 쌍이 집터를 잘못 잡았네요. 세상을 살다 보면 첫 터전을 잘못 잡아 안 해도 될 고생을 하는 일이 사람의 일만도 아닌 것 같습니다.

꽃샘추위도 다 물러나고 연둣빛 봄기운이 마당 가득한 날이었습니다. 여느 날과 마찬가지로 그날도 건너편 골짜기의 오래된 감나무에 둥지를 짓고 사는 까치가 문안 인사를 한다고 깍깍거리며 부산을 떨었습니다.

남편이 퇴직한 후로 하루 일과가 느긋해진 산골 생활이라 늦은 아침을 준비하려고 가스레인지에 불을 붙이는데 레인지후드에서 달그락달그락하는 소리가 들렸습니다. 깜짝 놀라 혹시 쥐가 환기통 속으로 들어왔나 싶어서 주걱으로 소리 나는 부분을 톡톡 두드렸더니 이내 조용해졌습니다. 그러다 뒤돌아서서 다른 일을 하려니 다시 달그락거리는 게 아닙니까. 쥐란 녀석이 단단히 자리를 잡았나보다고 걱정되어 급히 남편에게 일렀습니다.

우리 집은 주방 뒤로 뒷밭이 훤히 내다보이는 통유리창이 있는데 '쥐가 놀라 달아났겠지.' 하며 창밖을 보니 문득 우리의 시선을 사로잡는 광경이 펼쳐졌습니다. 창 앞 나뭇가지에 작은 산새 한 마리가 입에 지푸라기를 물고 앉더니 주방의 후드 환기통으로 연결된 굴뚝 쪽으로 잽싸게 날아오르는 게 보였습니다. 양쪽 볼 부분에 주황색 띠를 두른 귀여운 새였습니다. 남편은 곤줄박이라고 했습니다. 잠시 후에 좀 전에 들었던 달그락 소리가 다시 들렸습니다. 설마 하면서도 급히 밖으로 나가 굴뚝 안을 막대로 들쑤셔 보니 무언가에 단단히 막혀 있었습니다. 무슨 이런 일이 있나 싶어 가만히 기다려보니 이 작은 산새가 환기용 굴뚝에 집을 짓기로 작정한 듯 부리에 지푸라기를 물고 개울가 나뭇가지에 앉더니 이 나무를 도움닫기로 하여 가스레인지의 환기용 굴뚝으로 날아올라 쏙 들어가는 것이었습니다. 이 새는 아마도 환기통 굴뚝에 무단으로 세를 들고 싶은 생각이었나 봅니다.

취사를 해야 하는 우리에게도 무척 난감한 일이지만 뜨거운 환기통의 열기 속에 살아야 하는 저 녀석에게도 큰 문젯거리가 되는 일이지요. 아무래도 제 녀석들은 이런 심각한 문제까지 생각이 미치지 못하는 것 같으니 우리가 나서야 할 것 같았습니다. 자칫 판단을 잘못해서 엉뚱한 곳에 신혼방을 차린다면 한동안은 두고두고 고생을 할 것이고, 심하면 새끼 기르는 일이 불가능할지도 모르는 일입니다.

문득 내 신혼 때의 셋방 고생이 떠올랐습니다. 첫아이를 가져 입덧이 심했던 여름, 집주인은 외항 선원이었던 남편이 돌아와 안채를 써야 한다며 집을 비워 달래서 이사를 가야만 했습니다. 계약기간의 반의 반도 살지 못하고 예기치 못한 이유로 우리는 다시 새로운 전셋집을 다급하게 얻어야만 하게 되었습니다. 아직은 여름이라 이사 철이 아니어서 전셋집 구하기가 몹시 힘들었습니다. 그런 차에 나는 입덧이 심해져 집을 구하러 다니지 못하게 되었습니다. 남편은 야간이나 일요일이 아니면 짬을 낼 수도 없었던 터라 급하게 동분서주하여 얻은 것이 터널 바로 위쪽에 있는 아주 낡은 집 이층이었습니다.

이사한 날은 몹시 더운 날씨였습니다. 게다가 골목도 가파르고 집도 계단이 좁은 이층이라 힘들게 이삿짐을 옮겼습니다. 밤이 되도록 짐을 다 정리하지 못해 나머지 짐들을 대충 두고 잠을 청하였습니다. 그런데 문제는 이때부터 생겼습니다. 잠을 자려고 불을 끄고 누우니 어디선가 비행기가 이륙할 때 나는 것 같은 소음이 들렸습니다. 도로변 집이라 자동차 소음이겠거니 하고 생각하고 몸이 고달파 그날 밤은 잘 잤습니다. 다음 날 알아보니 소음의 정체는 집 가까이 있는 터널 내부의 환풍기 돌아가는 소리였습니다. 나중에 안 일이지만 환풍기 크기가 거의 비행기 엔진만한 데다 터널 내부에서 소리의 울림이 확장되어 더 크게 들리는 것이었습니다. 도로변의 자동차 소음에, 터널 환풍기 소음에 아직도 날씨는 8월이라 더운데도 창문을 열어두고 지낼 수가 없었습니다. 며칠 밤을 잠을 못 자 눈이 충혈된 남편은 솜으로 귀를 막고 자기도 했습니다. 정말 고역이었습니다.

그래도 시간은 흘러 나는 제법 배가 불러오고 어느덧 계절은 가을을 지나 겨울이 되었습니다. 그런데 이번엔 난방이 문제였습니다. 연탄을 때는 온돌난방이었는데 이 집은 연탄을 아무리 때어도 도통 방이 따뜻해지질 않았습니다. 아랫목에 꼭 한 사람 앉을 만큼만 미지근하였습니다. 심지어 자리끼로 떠 놓은 머리맡의 물이 꽁꽁 얼어 버리는 정도였습니다. 임신 중이라 감기약도 마음대로 먹을 수 없었던 나는 감기를 달고 살았답니다. 그래서 집주인에게 방의 온돌을 손보아 달라고 부탁하였으나 우리더러 고치라고 했습니다. 그해 겨울을 그냥 오르르 떨며 보냈습니다. 소음과 추위에 정말 지긋한 셋방살이였습니다. 신혼 초에 터전을 잘 못 잡아 된통 고생을 한 것이지요.

만약 우리 집 후드 환기통에 산새가 세를 든다면 새도 부엌에서 나는 여러 소음이며 냄새를 견뎌야만 하고 가스레인지에서 올라가는 열기도 보통이 아니어서 도저히 새끼를 키울 환경이 못될 것입니다. 그렇다고 후드 굴뚝을 세놓고 가스레인지를 옮길 수도 없어 새가 둥지를 짓기 전에 이곳을 포기하도록 해야만 했습니다.

우리는 레인지후드와 굴뚝을 분리한 후 그 속에 짓다 만 새 둥지의 지푸라기를 꺼냈습니다. 참으로 보드라운 지푸라기 뭉치가 한주먹이나 되었습니다. 풀잎을 그냥 물어다 뭉친 것이 아니라 일일이 한 올 한 올 입으로 다듬어서 보드랍게 만든 후에 집 재료로 뭉친 모양입니다. 그동안 산새가 들인 공이 너무 안타까워 다시 물고 가 집을 짓도록 지붕 근처에 놓아두었습니다. 그리고 굴뚝 바로 위 지붕에는 후드 굴뚝 같은 크기의 원통을 하나 놓아 이곳에 새집을 짓도록 해주었답니다. 후드 굴뚝 입구는 새가 다시는 들지 못하게 철망을 씌웠습니다.

이 녀석들이 어쩌나 하고 살펴보는데 이번에는 엉뚱하게도 기름보일러 좁은 굴뚝에 터전을 잡는 모양입니다. 날씨가 풀려 보일러를 상시 가동하는 것이 아니기에 이 녀석들이 또 실수를 하나 봅니다. 그런데 이 굴뚝은 너무 깊어 막대로 손을 쓸 수가 없었습니다. 생각다 못해 보일러를 한 번 틀어보았습니다. 그리곤 무슨 일이 일어날까 하고 숨을 죽이고 지켜보고 있었습니다. 한참 조용하던 보일러가 '부왕-' 하면서 크게 한 번 떨더니 '펑' 하는 소리와 함께 주먹만 한 지푸라기 뭉치가 휙! 튕겨져 나왔습니다. 불과 한나절 사이에 그렇게 많은 지푸라기를 물어 나른 것이었습니다.

남편은 다시 지붕으로 올라가 구멍이 큰 블록이며 원통 등을 몇 군데 더 설치하여 산새를 유인하도록 해 두었습니다. 다시 애써 짓고 있던 집을 허물리고 집터마저 잃은 산새는 처음엔 우리를 원망할지도 모를 일입니다. 그러나 우리처럼 전세들 집을 잘못 선택하여 이리저리 옮겨 다니지 않고 처음부터 좋은 환경에서 새끼를 기르며 살게 되기를 바랐습니다. 밝고 청명한 날에 집 뒤 개울 옆 나뭇가지를 오르내리며 즐거운 노래를 부르는 산새 가족을 만나게 되었으면 합니다.

# 까치집 유감

몹시도 황당한 모양입니다. 아니, 황당한 게 아니라 청천 하늘에 날벼락을 맞은 것일 테지요. 아침 일찍 먼 길 떠날 때까지만 해도 멀쩡하던 집이 흔적 없이 사라졌거든요. 집만 아니라 집을 얹어놓은 높은 미루나무, 이 산자락 사방 수십 리에서 가장 당당하던 미루나무, 숱한 비바람에도 수십 년을 버텨온 아름드리 미루나무마저도 온데간데없어졌으니 말입니다.

어이가 없는 듯 부부 까치는 요란한 소리도 내지 못하고는 옆의 키 낮은 참나무 가지에 마주 앉아 겨우 두 번 비명처럼 깍깍거리더니, 사람이 보기에도 억장이 무너지는 마음을 진정시키지 못하는 모습으로 멀리 날아갔습니다. 도무지 영문을 알 수 없어 어쩔 줄 몰라서 그랬는지는 모르겠지만 제가 보기에도 너무나 쉽게 포기해 버리는 것 같았습니다.

수년 전 우리 내외가 은퇴 이후를 위해 준비해 놓은 산골 마을 작은 농장의 가장자리 개울가에는 산복숭아, 참나무, 소사나무

등 제법 많은 나무들이 아름드리 서 있습니다만 특히 그 미루나무는 엄청 굵고도 높은 녀석이었습니다. 이곳의 나무들은 개울을 끼고 있는 지형의 특성상 개울 쪽에는 뿌리를 박을 수가 없어 한쪽 다리로만 서 있는 형상이라 바라보면 매우 위태로워 보입니다. 곁의 소사나무는 가지가 많은 대신 키가 낮아 위험이 덜하지만, 이 미루나무는 높이만도 30미터는 족히 되는 데다 밑둥치는 어른 한 아름이 넘었습니다. 원래는 두 그루였던 것이 한 그루는 태풍 매미 때 다행히 집을 피해 밭쪽으로 넘어졌는데 덩치가 하도 커서 그 밑둥치는 아직도 처리를 못 하고 개울 가장자리에 널브러져 있거든요.

올해는 남편이 명퇴를 하고는 개울 건너 뒷밭에다 살구나무와 차나무를 심기로 하고 본격적으로 농장으로 가꾸기 시작하면서 몇 해나 묵은 밭을 포클레인을 동원해 몇 날 며칠을 다듬기 시작하였습니다. 그런데 뜻밖에도 지금까지 우리가 이곳을 관리한 7, 8년 동안 감히 아무도 넘보지 못하던 미루나무 그 높은 중턱에다 까치가 보금자리를 만들기 시작한 것입니다. 까치가 드나드는 곳은 쳐다보면 정말 아찔한 높이입니다. 마치 어느 건설회사의 광고처럼 '대한민국의 맨 위'에다 집을 지을 모양입니다. 나뭇가지를 물어다 기초를 다듬던 처음 이틀 동안은 까마귀와 치열한 영역다툼이 있었습니다. 하지만 덩치 큰 까마귀도 까치 부부의 집짓기 의지를 꺾지는 못했습니다.

영역을 확보한 다음부터는 아침마다 우리 집 마당 느티나무 가지에 앉아 매화꽃 향기를 듬뿍 담은 정겨운 인사를 전해와 도회를 떠나온 새 산골 식구에게 경쾌한 하루를 선사해 주었습니다. 산자락 외딴곳이라 집이래야 우리 집과 작년에 새로 지은 앞집뿐, 사람들의 마을은 지붕도 보이지 않는 곳이라 까치가 있는 사실만으로도 주거니 받거니 대화거리가 생겼습니다.

고요한 산동네에 과수원을 만들고 차나무를 심겠다고 포클레인 소리 요란해지자 구경 나온 아랫동네 어른들께서는 미루나무 걱정을 시작하였습니다. 행여 나무가 집 쪽으로 넘어질까, 또 훗날 과수원에 나무들이 다 자란 다음에 밭쪽으로 넘어지는 것도 큰 걱정거리라며 지금 베어야 한다고 충고들이었습니다. 그러나 당장 나무를 벨 방법도 없거니와 집을 짓기 시작한 까치도 신경이 쓰여 우리 내외는 처음에는 그냥 두기로 하였습니다. 그러나 이미 개울가에 넘어져 있는 한 그루를 보면서 냉정하게 생각하니, 아무래도 늦어질수록 후회할 것 같아 궁리 끝에 까치에게 좀 미안하긴 하지만 이번 기회에 이 큰 놈을 베어내기로 작정을 하였습니다. 남편이 관공서의 재난방지 관련 부서에 전화로 문의를 하는 등 부산을 떨었으나 아무런 방편을 마련하지 못하고 이런저런 걱정만 하고 있었습니다.

묘목을 다 심고 차나무 북을 만들기 시작한 오늘, 흙을 뒤집으면 슬그머니 날아와서는 벌레를 물고 가던 부부 까치가 이날따라 웬일인지 아침부터 먼 길을 떠나고서는 하루 종일 보이지 않습니다. 그런데 때마침 뒷산에 벌목을 하는 사람들이 지나가기에 부탁을 드렸더니 흔쾌히 전기톱을 들고 달려들었습니다.

"그놈 크기는 크다."

나무의 물 올라가는 소리가 들린다며 나무 둥치에 귀를 갖다 대고 있던 아저씨가 윙-하는 톱 소리를 낸 지 5분. 우듬지가 까마득히 가물거리던 미루나무는 우지끈! 하는 굉음을 쏟으며 길고도 거대한 몸통을 땅바닥에 내동댕이쳐졌습니다. 미루나무의 우듬지는 금방 다듬어 놓은 다랑논 과수원의 계단식 둔덕을 3개나 지나서야 끝이 닿았습니다. 보름 동안 공들여 지은 까치집은 뿌지직 소리도 내지 못하고 가루가 되어버렸습니다. 집은 거의 완성이 다 된 듯 까치집의 흔적들 속에는 새끼의 보온을 위한 예비 엄마 아빠의 포근한 정성이 듬뿍 배인 깃털 몇 가닥이 엉겨있었습니다.

우리 내외는 무사히 나무를 베어낸 안도감과 함께 제집이 무너지는 참담한 광경을 까치가 보고 있지 않은 것이 다행이라고 하면서도, 막상 까치의 처지가 안타깝고 미안한 마음에 공연히 울적해지는 기분이었습니다. 우리가 까치에게 미안하다고 했더니 나무를 베던 아저씨들은 좀 의외라는 듯 표정을 짓더니 아직은 새로 집을 지을 시간이 있다고 우리를 위로하였습니다. 베어진 미루나무는 이분들이 두어 개의 의자로 잘라주었고 나머지는 동네 분의 느타리버섯 재배용 대목으로 요긴하게 쓸 수 있게 되었습니다.

오후 늦은 시각, 미루나무의 잔해를 다 거두어들이고는 북을 돋우는 작업에 열중하고 있는데 진종일 마실 나갔던 부부 까치가 돌아왔습니다.

텅 비어버린 공간, 보름 동안 애써 공들였던 보금자리가 어이없게도 통째로 사라져 버린 허공을 보면서, 도무지 이해할 수 없는 현실을 앞에 두고 까치는 무척이나 당황한 기색이었습니다. 느닷없이 사라져 버린 자신들의 집을 찾는 듯 겨우 두어 번 깍깍거리더니 뜻밖에도 이내 마음을 굳힌 듯 어디론가 날아갔습니다. 시끄럽게 울어대며 제집을 찾으면서 마음을 아프게 하는 것보다는 나았습니다만 까치에게 미안한 마음은 어쩔 수 없었습니다. 오늘 밤은 어디서 까치 부부가 허전한 마음을 붙들고 웅크려 자야 하는지, 집터를 잘못 정했다고 대판 싸우지나 않을지 이런저런 생각에 영 마음이 뒤숭숭한 해거름이 되어버렸습니다.

어쩌면 사람이든 동물이든 제 분수에 넘치는 너무 높은 곳을 탐낸다면 자칫 화를 불러들일 수도 있다는 사실을 깨닫게 될지도 모를 일이지요. 하지만 지금의 내 마음은 다만 까치 부부가 도무지 이해할 수 없는 이 동네에 오만 정이 떨어져서 아예 다시는 돌아오지 않으리라 작정하고는 너무 멀리 가지 말기를 바라는 것입니다. 이왕에 어렵사리 확보해 놓은 영역이니 다시 가까운 근처에 보금자리를 짓고 가끔씩 안부를 전하면서 지냈으면 하는 작은 바람을 지닐 뿐입니다.

# 한 마당 두 가족

우리 산골 집 마당은 잔디와 클로버가 공존하는 영역입니다. 한데 섞여 자라는 것이 아니라 오솔길을 경계로 철저하게 나뉘어서 자라고 관리의 주인도 완전히 다릅니다. 남편의 관리영역인 클로버밭과는 달리 잔디밭은 전적으로 내 소관입니다. 서울에 있는 아이들과 자주 만나기 위해, 십여 년 애써 가꾼 밀양의 산장을 과감히 처분하고 새로 마련한 충청도의 별장도 밀양 못지않은 산골이랍니다. 애초에 우리 마당 흙은 산속의 생땅 마사토나 황토가 아니었나 봅니다. 건축업자가 어디서 파 왔는지 잡풀 씨앗 무더기의 흙을 파 온 모양입니다. 그래서 처음부터 온갖 잡풀 씨앗들이 무더기로 돋아났는데 그중에서도 클로버 씨앗이 무더기로 떨어진 흙이었나 봅니다.

여전히 부산 본가와 두 집 살림을 하는 탓에 충청도 산골 집에서 맞는 나의 아침잠은 매일 바지런을 떨어야 합니다. 새벽의 아쉬운 잠을 떨치고 뭐 그리 대단한 농사를 짓는다고 부스스한 몰골로 마당을 나섭니다. 새벽의 정적을 깨고 예쁜 소리를 내는 작은 산새들이 심은 지 이삼 년밖에 되지 않은 부실한 나뭇가지 사이로 오르락내리락 분주합니다. 창고 벽걸이에 걸어둔 모자를 쓰고 작업용 앉은뱅이 의자를 궁둥이에 붙이고 예리한 잡초 제거용 호미, 뽑은 잡초를 담을 용기까지 챙긴 후 작업장으로 나섭니다.

나의 작업장 잔디밭은 대략 100평 남짓 됩니다. 새집을 지을 무렵, 남편은 한 달에 열흘 정도밖에 지내지 못하는 이곳에 잔디를 심으면 잡풀 관리하기가 어렵고 힘들다고 잔디 심는 걸 극구 만류하였답니다. 차라리 클로버를 키우면 다른 잡풀들과 경쟁에서 살아남고 일 년에 두서너 번만 예초기로 잘라주기만 해도 보기 좋게 유지된다고 하였습니다. 사실 그 전 집들도 마당을 가꿀 때마다 잡풀 관리하기에 자신이 없어 심은 잔디를 포기한 적도 있답니다. 그래도 이번에는 거리가 가까워진 아들들 내외와 의논하여 도와주겠다는 약속을 받고 적극 밀어붙였습니다.

시골집에 살면서 각종 벌레들, 특히 징그러운 지네에 혼비백산한 경험이 많은 우리는 이놈들과의 경계를 확실히 지어두기로 했습니다, 현관 앞 나무 데크를 지나면 각종 벌레와 뱀 등과의 영역을 확실히 구분을 지은 널찍한 자갈마당이 나온답니다. 그 너머로 잔디밭과 클로버밭을 만들었는데 그 공간 속에 아이디어가 자유 발랄한 남편은 꽃밭과 텃밭은 흙을 돋우어 동산 모양으로 여기저기 조성해 놓고는 또 그 사이로 오솔길을 만들어 놓았답니다. 그러니까 잔디밭과 클로버 마당 중간중간에, 다양한 모양의 꽃밭, 여러 무더기의 채마밭, 몇 종류의 나무들이 어우러지고 그 사이로 오솔길이 나 있고 시화(詩畵)도 몇 개 앉혀 놓은 축소판 공원인 셈이지요. 그리고 그사이의 폭과 간격을 이용해서 온 가족이 즐길 수 있도록 9홀짜리 파크 골프장을 만들어 노란 깃발을 꽂아놓았답니다,

집을 짓기 시작한 첫해, 봄부터 늦여름까지 공사한 집의 준공이 끝난 가을에 나의 성화에 못 이긴 남편은 1톤 트럭 한 차 가득 잔디를 주문했습니다. 남편은 체구에 비해 손이 큰 편이기 때문에 항상 넉넉합니다. 그 덕분에 예상보다 잔디는 빼곡하게 심어졌고 잔디밭 면적도 늘어났습니다. 잔디 양이 너무 많아 주말마다 큰아들 내외와 나는 아직 다 물러가지 않은 늦더위와 함께 씨름해가며 잔디를 심었습니다. 가끔 작은아들 내외도 힘을 보탰고, 반대하며 지켜보던 남편도 짠해 보였던지 힘을 보태 주었답니다. 잔디를 심는 동안 초록의 넓은 잔디 마당에 손주들이 뛰어놀 때 넘어져도 다치지 않아 잔디밭은 그냥 바라만 봐도 낭만적일 것 같은 생각에, 나중에 생길 일들은 잠시 접어 두었습니다.

이듬해 봄, 유난히 눈도 많이 오고 추웠던 겨울을 잘 견딘 잔디의 새싹이 기특하게도 잘 자라나기 시작했습니다. 잔디 새싹과 함

께 잔디 사이에도 온갖 이름 모를 풀들이 고개를 내밀었습니다. 너무 예쁘고 앙증스런 작은 풀꽃도 있었지만, 아낌없이 뽑아내었습니다. 덕분에 날이 가면서 다른 잡풀들은 자취를 갖추게 되었습니다. 그런데 클로버는 다른 잡풀과 달랐습니다. 이 녀석은 끈질기게 싹을 틔우고는 잔디 사이에서 순식간에 자신이 주인공인 양 넓게 발을 뻗쳐 나의 골머리를 아프게 하는 애물단지가 되었답니다. 클로버는 어릴 때 다스리지 않으면 그 부분의 잔디를 모두 파내고 새로 심어야 된다고 하니 잔디의 천적으로 모든 잔디밭에 달라붙는 곡식에 참새 같은 존재인가 봅니다. 이따금 공원의 잔디밭에 새파란 클로버 뭉치를 본 적이 있어 그 무지막지한 번식력은 익히 경험한 것입니다. 여전히 부산의 집으로 오르내리느라 절대 시간이 부족하지만 열 일을 제쳐두고 잔디의 잡풀들과 씨름하는 중입니다. 적은 시간이나마 틈틈이 잡풀 제거 작업으로 잔디는 자리를 잡았습니다. 많은 잔디의 양을 주문해 준 남편 덕분에 빼곡하게 심은 것도 한몫을 하여 제법 그럴듯한 모양새가 되었답니다. 나름 보람을 느끼며 흐뭇하였습니다.

또 한 해 겨울이 가고 봄이 왔습니다. 이제는 단단히 자리 잡은 잔디라 가끔만 잡풀을 관리하면 되리라 느긋하였습니다. 그런데 잡풀이 기지개를 켤 즈음 긴 여행을 다녀오느라 산골 집을 한참 비웠답니다. 그랬더니 정말이지 잔디밭의 몰골은 말이 아니었습니다. 초봄에 어느 정도 관리를 해 두었건만 군데군데 점점이 박혀 있는 클로버 뭉치에 배신감이 밀려왔습니다. 그래서 가재눈을 뜨고 남편을 살짝 쳐다보며 '저기 클로버 밭에 씨앗들이 날아와 다시 자리를 잡았다.'라고 말했습니다. 하지만 남편은 기세등등, '클로버의 꽃이 씨앗이 되기 전에 자르고 또 자갈길 경계로 나눠 있어 뿌리로도 절대 클로버가 잔디밭 쪽으로 넘어갈 일 없다.'고 장담하는 것입니다. 그래도 긴가민가 의심의 눈총을 보내어 봅니다.

나의 쫓기는 일상에 비해 남편이 가꾸는 클로버밭은 정말 게으른 농법입니다. 뿌리로 잘 번식하고 웬만한 잡풀을 이기는 데다 예초기로 자르면 원하는 대로 바닥에 납작하게 자랍니다. 때로는 남편이 아이디어 내어 만든 골프채 모양의 낫으로 이리저리 걸어다니며 운동 삼아 휘둘러 자르면 되는 것입니다. 여기다 이 녀석은 겨울에도 납작 엎드려 초록빛을 띠고 있답니다. 동네 어른들이 클로버를 마당에 키우는 별난 사람이라고 우스개를 하면서도 우리 마당의 기묘한 아이디어에 찬사를 보냅니다. 그럼에도 고생을 자초하며 내가 잔디를 가꾸는 이유를 말한다면 초록의 융단 같은 느낌이 있고 내가 원하는 낭만이 있거든요. 남편도 이런 이유를 잘 알겠지만 현실이 가져다 줄 사태를 직시하기에 낭만은 접어두고 차선을 선택한 것이 아닐까 싶습니다.

한 마당이지만 나의 잔디밭에는 돋아나면 반드시 뽑아야 할 클로버가 호시탐탐 노리고, 남편의 클로버밭에는 잔디의 천적들이 바지런한 남편의 눈치를 살피며 고개를 내밉니다. 나의 걱정은 잔디밭과 클로버가 비록 경계를 두고 있지만 클로버의 번식력이 언제 잔디밭으로 뻗쳐올지 모르는 것입니다만, 걱정 거두라는 남편의 장담은 여전합니다. 그래서 기회가 나면 잔디밭을 살핍니다. 그래도 잔디밭은 잠시 한눈을 팔면 손톱만하던 클로버가 어느새 접시만큼 번진답니다.

잔디밭에 앉아 잡풀을 뽑고 있노라면 세상만사 다 잊고 무념무상에 빠져들기도 합니다. 나지막이 들리는 먼 데 새소리를 들으며 잔디밭에 궁둥이를 붙이고 앉아 한 자리에서 오래 굼벵이처럼 떠나지를 못합니다. 뒷집에 터를 잡은 사모님이 한곳에서만 꼼지락대는 나를 보더니 서캐 잡느냐고 놀립니다. 넓게 자리 잡은 클로버를 뽑기 위해선 잔디 밑으로 도구를 넣어 뿌리를 찾아 제거해야 되는데 범위가 넓으면 시간이 꽤 걸린답니다. 끈질긴 생명력을 가진 클로버가 어느새 꽃을 피운 포기도 있습니다. 어린 시절 동네 친구랑 풀꽃반지 만들고 누가 더 잘 만들었는지 자랑하던 생각이 나기도 합니다. 남편이 키우는 클로버밭에 자랐다면 뿌리째 뽑힐 일도 없었을 텐데 수북하게 쌓인 클로버를 보며 생각이 많습니다. 올봄에 승진하며 바빠진 아들 때문에 아들 식구들이 자주 못 와서 잡풀과의 씨름은 거의 내 차지가 되다시피 하였습니다.

아직도 남편은 내게 클로버 키우기를 권하고 있습니다. 골프채를 들고 어정거리면서, 잔디밭에 붙박이로 앉은 나를 슬슬 놀리며 힘든 잔디 키우기를 포기하고 일 년에 몇 번만 잘라주면 잘 사는 클로버를 키우라고 합니다. 잔디와 클로버는 언제쯤 각자의 영역에서 상대의 영역을 침범하지 않고 공존하는 때가 올 것인지. 아직은 희망을 버리지 않고 잔디밭을 더듬어 잡풀과 클로버를 제거하는 데 열심입니다. 텃밭의 잡풀은 늘 남편의 도움을 받지만, 그래도 가끔 힘겨운 표정을 지으면 잔디밭 잡풀도 다스리는 데 한 힘을 보태어 한 마당 두 가족이 제 몫을 다하며 전원을 넉넉하게 해주지 않을까 기대를 합니다. 클로버가 잔디를 침범하지 않아 공존 가능한 게 아니라, 낭만을 택한 나의 부질없는 여유에 남편의 공감으로 일손을 보태는 것이 아니겠는지요. 같이 건강할 때까지 말입니다.

# 두더지 퇴치 탐구생활

봄이 시작되는 3월, 하얀 철제 펜스로 둘러친 담장 위 이곳저곳에서 바람개비가 달그락달그락 봄바람에 힘차게 돌아가고 있습니다. 페트병을 잘라 철사를 끼우고는 고춧대에 매달아 다시 울타리에 묶은 것들입니다. 수확 철도 아니고 새를 쫓기 위한 것도 아닌데 겨울 내내 매달려 달그락거렸습니다. 화창한 햇살 아래에서 망가진 바람개비를 다시 만들어 교체하던 남편은 땅바닥을 이리저리 살펴보고는 무언가 심각한 얼굴입니다.

"이걸로는 이 끈질긴 놈들을 내 땅에서 몰아낼 수는 없겠어."

남편이 쇠꼬챙이로 쿡쿡 찌르고 있는 땅바닥에는 솟아오른 흙무더기가 제법 볼록합니다. 해동이 되자 새로 생긴 두더지 동굴입니다. 두더지 흔적은 지렁이를 잡아먹기 위해 땅속을 파고 터널을 만들어 길처럼 다니는 통에 땅 위에 불룩불룩한 흙무더기 자국을 만듭니다. 마지막 입구에는 제법 큰 구멍이 생겨 흙에 덮여 있습니다. 구멍에 덮인 흙을 살짝 치우면 두더지가 들락거리는 입구가 나타납니다.

우리가 집터로 정한 이곳은 원래 논이었습니다. 건축을 맡은 분이 흙으로 논을 메웠는데 마당의 흙이 거름기가 없어 여러 해에 거쳐 퇴비를 넣어 토질을 기름지게 만드는 데 주력했습니다. 노력을 기울인 덕분인지 땅속 지렁이도 많아진 것입니다. 또 제초제를 전혀 사용하지 않아서 지렁이 개체수가 많아지고 덕분에 토질이 좋아지게 된 것 같았습니다.

토질이 좋아진 덕분에 정원수도 잘 자라고 과실수도 튼튼하게 잘 자랐습니다. 남편은 열심히 나무에 거름도 주고 가물 때 신경 써서 물도 주고 알뜰살뜰 보살피며 잘 키우고 있던 중 가끔 가지에 병이 들지도 않았는데 시름시름 앓는 나무가 생겨나기 시작했습니다. 마른 가지를 잘라내고 백방으로 원인을 찾던 가운데 두더지가 나무뿌리를 건드려 서서히 죽게 만들었다는 것을 알게 되었습니다. 몇 년을 키운 나무도 마찬가지였습니다. 한 번 무너진 나무는 한 여름철이라 회복이 안 되었습니다. 지렁이는 두더지의 먹이인 동시에 대사 과정에서 토질을 비옥하게 하는 배설물을 분비합니다. 나무만 보호할 수 있는 방법이 없었습니다. 그때부터 두더지를 자신의 영역으로 돌려보내기 위한 남편의 긴 탐구생활 여정이 시작되었답니다.

제일 처음 시도한 것이 두더지 구멍에 잔돌을 집어넣어 놈들의 길목을 차단하는 일이었습니다. 어림도 없었구요. 동굴은 옆으로 우회하여 확장되었답니다. 남편은 바람개비 만들기에 몰입했습니다. 긴 고추 묘목을 세우는 지주대에 바람개비를 만들어 매달아 철제 펜스 기둥에 묶어두면 바람에 돌아가는 힘에 의해 진동이 생깁니다. 이 진동이 땅에 꽂혀 있는 지주대에 전달되고 땅속에 있는 두더지를 놀라게 하여 도망하게 하는 것이었습니다. 방법은 유튜브를 통해서 알게 되었다고 했습니다. 몇 개는 캔맥주 통으로 만들기도 했습니다. 쇳소리가 더해졌습니다. 남편은 돈도 들이지 않고 환경에 피해도 없고 야간의 소음은 산골 외딴곳이라 이웃에 피해 또한 없으니, 두더지를 해결하는 데는 이보다 좋을 순 없다고 좋아합니다. 효과가 분명히 있었습니다. 어느새 그 소문은 이웃의 밭 주인에게도 알려져 이웃의 밭 어귀에도 페트병으로 만든 바람개비가 매달려 달그락거리며 돌아가게 되었습니다.

바람개비의 진동에 두더지가 혼비백산하여 영영 울타리 안으로 들어오지 않았으면 각자의 영역에서 행복했을 텐데, 일정 기간이 지나자 진동에 적응했는지 다시 특유의 흔적을 남기기 시작했습니다.

패트병 바람개비 작전을 성공하지 못한 남편은 두더지 약을 넣으라는 이웃의 권유를 보류하고, 더욱 강력하고 확실한 방법을 찾기 위해 여러 가지 퇴치 정보를 수집하고 있었습니다. 인터넷 검색 후에 전기로 진동을 일으키는 기계를 구입하기로 작심하였습니다. 실행에 옮기기 전에 기계의 효과와 사용 후기까지 검색하고 판매처를 알아본 후 구입하기로 했습니다. 전동 기계인지라 상당한 가격입니다. 경기도까지 내비게이션의 힘을 빌려 낯선 길을 찾아간 판매장은 제품 제작과 판매를 함께 하는 중소기업체였습니다. 주인도 자신감이 있었습니다. 두더지는 물론 뱀, 개미까지 퇴치한답니다. 진동의 강도 조절, 시간 간격 조절에 주야간 조절도 가능하여 제법 첨단제품 같습니다. 여러 설명을 들은 남편은 신뢰감이 가득 차 이젠 두더지를 물리치게 되었다고 확신에 찬 표정을 지었답니다.

두더지 퇴치 기계의 설치 방법은 그리 만만찮았습니다. 진동을 일으키는 본체를 고정하고 전선을 복잡하게 연결해 일정한 간격으로 진동 전달 막대를 연결했습니다. 그리고는 두더지가 들락거릴 만한 곳을 따라 땅속에 깊이 박았습니다. 마당이 넓어 몇십 미터는 되는 거리입니다. 하루 종일 힘들어하면서도 몇 년씩 키운 아까운 나무를 지키기 위한 두더지 퇴치 전쟁입니다.

땅속에 있는 두더지의 안부를 어떻게 다 알겠냐마는 한 해가 무사히 지나갔습니다. 이듬해의 겨울이 지나가고 봄이 오고 초여름이 시작되자 다시 가지가 마르고 시름시름 하는 나무가 생겨났습니다. 많은 관찰과 정밀한 탐구 끝에 퇴치 기계의 진동이 약해진 탓도 있겠지만, 결국은 이놈들이 적응을 한 것이라고 남편이 결론을 내립니다. 결국은 비싼 퇴치 기계도 퇴치당하고 말았습니다.

손쉽고 근본적인 해결책을 찾기로 한 남편은 이웃의 권유를 받아들여 두더지 약을 구입하기로 했습니다. 두더지 구멍마다 알약을 넣었답니다. 발견되는 대로 한 구멍에 하나 혹은 둘씩 넣었습니다. 눈이 어두운 두더지는 후각이 발달한 관계로 최대한 사람의 체취가 묻지 않게 하기 위해 장갑도 끼고 약을 넣을 때마다 신경 써야 했습니다. 꽤 오랫동안 여러 봉지의 약을 투여했는데도 두더지에는 보약이라도 되는지 느껴지는 성과는 없었고 나무의 피해는 계속되었습니다. 약값도 장난이 아닙니다. 남편이 나무를 포기하거나 두더지와 공존 적응을 해야 하는 시점이 온 것 같았습니다.

다시 봄이 되고 남편은 울타리에 있는 엄나무 순을 자르면서 가지치기를 하고 있었습니다. 남편이 엄나무 가시에 손가락이 찔렸습니다. 종종 있는 일이었습니다. 그런데 이번에는 아파하기는커녕 오히려 기발한 생각이 났다며 신이 났습니다. 기발한 생각은 엄나무 가시가 사람 손가락 끝을 살짝 스치기만 해도 쓰리고 아픈데 눈이 보이지 않는 두더지의 콧잔등이 찔린다면 어떨까 하며 상기된 표정입니다.

이날 남편은 엄나무 가지를 다른 해보다 훨씬 많이 잘라 작은 토막으로 모았습니다. 남편은 울타리 가장자리를 돌며 쇠꼬챙이로 쿡쿡 땅을 찔렀습니다. 느낌으로 확인되어 땅을 파보면 두더지 구멍이 있었고 그 구멍마다 엄나무 가지를 집어넣었답니다. 넣으면서 희희낙락 너무도 좋아합니다. 엄나무 토막을 집어넣을 때마다 두더지 콧잔등 얘기를 노래 삼아 반복했습니다.

그런데 정말 효과가 서서히 보이기 시작했습니다. 두더지의 구멍 흔적이 다시 볼록해지지 않고 다른 곳에 새로운 구멍이 생겼습니다. 그때마다 남편은 새 구멍을 찾아 엄나무 토막을 쑤셔 넣습니다. 외부와 연결된 두더지 통로의 긴 울타리가 거의 다 접수되자 전투는 소강상태로 접어드는 것 같았습니다. 이번에는 남편의 탐구생활 승리가 확실한 것 같습니다.

자연과 사람이 함께 할 수 있는 경계가 어디쯤일까요. 서로를 잘 알면 서로 부딪히며 피해 주지 않고 잘 살 수 있을 텐데. 두더지는 지렁이 먹이를 찾느라 이리저리 구멍을 파는 과정에서 나무뿌리를 다치게 한 것입니다. 이젠 우리 집 마당으로 무단 침입한 두더지가 콧잔등을 살짝 다치고 난 뒤 이웃 두더지들에게 모두 알린 모양입니다. 다시는 우리 집 울타리 안의 나무뿌리는 건드리지 않게 되기를 기대합니다. 각자 자신의 영역 안에서 나름대로 잘 살기를 응원합니다.

그러나 아직도 철거하지 않은 낡은 바람개비가 제멋으로 돌고 있는 산골입니다.

제3부

# 차꽃 피는 산골

# 차꽃 피는 산골

산골 우리 집 차밭에 하얀 차꽃이 한창입니다. 이미 산 중턱에는 가을빛이 무르익은 계절이라 꽃이 드물어서 그런지, 아니면 차꽃의 향기가 독특해서 그런지 토종꿀벌, 양봉꿀벌, 꼬마쌍살벌, 호박벌 등 온갖 종류의 벌들이 다 모여듭니다. 이따금 하얀 나비도 날아듭니다. 짙푸른 잎사귀 사이에 빼곡히 매달린 차꽃은 꽃잎 다섯 장을 보듬고 있는 수술이 한 아름이나 됩니다. 차꽃이 반쯤 피었을 때는 욕심 많은 아이가 한입 가득히 노란 빵을 물고 있는 것 같습니다. 또 만개한 모습은 입 안의 빵을 도로 뱉어내는 듯 꽃잎이 모두 뒤로 젖혀진 모습입니다. 그냥 보고만 있어도 미소가 나오는 행복한 시간입니다.

한복을 곱게 차려입고 차꽃이 핀 가지를 두어 줄 꺾어 넣고는 차 도구를 챙겨 다회(茶會)의 도반들을 만나러 가는 가을 길도 행복합니다. 산골의 아침은 밤낮의 기온 차가 심해서 고개를 넘어가는 길목에서도 다양한 가을 풍광을 만납니다. 중턱에는 안개가 자욱하다가도 내리막길에 이르면 열어지는 사이사이로 은빛으로 반짝이는 억새가 언뜻언뜻 스치고, 골짝 아래로는 황금빛으로 출렁이는 다랑논이 스쳐 갑니다. 도로변 논에는 이미 갈색으로 바랜 연잎들이 가을바람에 이리저리 휘어지고, 긴 가로에 늘어선 은행나무도 제법 노란 빛을 띠기 시작했습니다.

도반들과 인사를 나누고 찻상을 차리고 차를 우립니다. 찻물이 끓으면 솔바람 소리가 귓가를 스치고, 다관에 물을 따르면 산골짝 돌 틈을 흐르는 개울물 소리가 들립니다. 황차를 우리면 찻잔에도 저 멀리 가을 산이 따라와 갈색으로 잠깁니다. 정담을 나누면서 마시는 차는 차향이 온 방안을 채워 마음까지 따뜻해집니다. 모두들 사소한 일상사를 내려놓습니다.

내가 차와 인연을 맺은 것은 십여 년 전에 도예 공방에서 한국화를 그리던 선생님을 만나면서입니다. 선생님은 봄이면 김해의 야생 차나무에서 여리고 작은 찻잎을 따와 덖고 비비기를 몇 차례 반복하여 수제 차를 만들었습니다. 덕분에 향긋하고 달싹한 햇차를 맛보았습니다. 나는 그때부터 김해 장군차에 관심을 갖게 되었습니다.

그즈음 아이들이 집을 떠나게 되었습니다. 기다렸다는 듯 우리는 도시 변두리의 아파트 생활을 뒤로하고, 아이들의 말처럼 지나치게 한적한 나머지 생활이 불편한 시골 마을로 이사를 하였습니다. 나무 욕심이 무척이나 많았던 우리는 좁은 마당에 차나무는 물론 온갖 나무를 빽빽이 심고도 도무지 양이 차지 않았습니다. 남편은 은퇴를 하게 되면 더 많은 나무를 키우고 싶다고 했습니다. 그래서 몇 년 후에는 아예 산골 그것도 외딴곳에 터를 마련하였습니다. 값싼 땅이라 대도시의 우리로서는 '농장'이라 여길 만큼 충분한 땅이었습니다. 미리 묘목을 심어 두어 퇴직하면 나무도 적당히 어우러지게 할 요량이었습니다.

우리는 이 농장 터를 마련한 이듬해 봄에 최대의 관심사였던 김해 장군차 묘목을 심기로 했답니다. 당시는 장군차에 대한 관심들이 별로 없었던 터라 수소문 끝에 전문가를 만났습니다. 차나무는 묘목을 심으면 직근이 잘려 나가므로 우리는 싹이 갓 눈을 틔운 씨앗을 구하여 심기로 했습니다. 적당한 간격을 두고 차나무의 그늘용으로 유실수도 심었습니다. 모르는 이들은 과수원이라 여기게 되었지만, 장군차 나무가 주연이고 유실수는 조연이었습니다. 그래도 나무 욕심은 버릴 수 없어 유실수도 꽃나무도 다양했습니다. 매실나무를 기본으로 해서 감나무, 배나무, 자두나무, 살구나무, 복숭아나무, 뽕나무, 소나무, 은행나무, 벚나무 등등 사계절을 생각하면서 그 넓은 땅이 다시 빼곡해지도록 원도 없이 심었습니다.

한동안 주말이면 어린 묘목이 잡초에 치여 죽을까 혹시나 말라

죽지는 않을까 하고 노심초사하여 부지런히 농장을 들락거렸습니다. 몇 년 후 농장의 나무 밀도가 높아질 무렵 그 땅이 다시 좁게 보이기 시작하자 이번에는 내가 남편에게 졸라 집 뒤 개울 건너 밭을 또 매입하였습니다. 이번에는 우리 밭의 차나무에서 수확한 씨앗을 심었습니다. 그늘용 묘목도 심었답니다. 채소용 텃밭도 조금 남겨 두었습니다. 퇴직한 후 남편은 자칭 농장경영인이 되었습니다. 농장도 자기의 호를 따서 〈운경산원(韻耕山園)〉이라고 그럴듯하게 지어 바깥에다 걸었습니다.

연세 지긋한 어른들이 주로 사시는 산골은 할머니들이 바깥어른 못지않게 농사일을 잘하십니다. 이들에 비하면 나는 턱없이 부실한 농부 아내가 되었습니다. 그래도 변함없이 나는 채소 농사도 짓습니다. 올가을에는 작년에 실패한 김장배추를 심었습니다. 우리 농장에는 차나무가 주종이기 때문에 절대로 농약을 쓰지 않아 작물이 병충해를 많이 입습니다. 배추를 심으면서 쌈이나 해 먹을 요량이었는데 재를 뿌려서 그런지 농약을 뿌리지 않았는데도 제법 김장배추의 모양이 납니다. 텃밭에는 무랑 열무, 시금치, 당근, 파, 쪽파 등도 심었습니다. 텃밭은 나의 몫인데 시간이 모자란다는 둥 갖은 변명으로 언제나 풍성하지 못합니다.

평수를 넓힌 것이 결과적으로 남편을 힘들게 하여 팔다리에 허리까지 아프게 하는 데 일조를 하게 되었습니다. 그래도 우리는 농장을 보면서 행복해합니다. 그런 남편의 수고 덕분에 차나무는 자리를 잡았고 유실수도 잘 자라, 이제는 매년 6월이 되면 조연으로 자라난 매실이며 살구 등을 가까운 지인들에게 나누어 주는 기쁨도 누리게 되었습니다.

그동안 차에 대한 공부도 겸하였습니다. 봄이 되면 다원에서 도반들이랑 함께 덖음차, 발효차 등을 만들기도 하고, 혼자서 우리 밭의 찻잎으로 만들기도 했으나 아직은 스스로 만족해 하는 수준입니다. 지난해는 무척 추운 날씨 탓에 차나무의 피해가 커 찻잎 수확도 부실했습니다. 그래도 작은 양이나마 덖음차를 만들어 지인들과 함께 행복해하며 나누어 마시고 황차도 만들었습니다. 올해 만든 황차는 날씨가 쌀쌀해지면 숙성이 되어 진가를 발휘할 것입니다.

이제 조금 있으면 겨울입니다. 이곳 겨울은 참말로 춥습니다. 장작 벽난로 위에 도자기 주전자로 찻물을 끓여 따뜻한 차를 마실 기대에 벌써부터 마음이 설렙니다. 내가 제다한 황차가 6개월째 기다리고 있는 차통 뚜껑을 열어볼 때마다 즐거워할 지인들 얼굴이 떠올라 흐뭇해집니다.

그동안 적지 않은 시간을 산골에서 보냈지만, 도시에서 자란 나에게 산골 생활은 여전히 낯설고 불편한 낭만입니다. 그래도 멋진 낭만이기에 나는 차밭을 가꾸는 것이 좋습니다. 차를 만들고 차를 우리는 차생활과 아울러 잡초와 온갖 병충해에 시달리는 텃밭을 가꾸면서 자연과 함께하는 행복에 푹 빠져들고 싶습니다.

## 자두꽃 피는 공방

이따금 낯선 산새들 몇 마리만 포르르 날아다니면서 익은 자두만 골라 여기저기를 쪼아대는 강마을 우리 집 조용한 마당이, 오늘은 몇몇 아이들의 놀이터가 되어 갑자기 왁자지껄해졌습니다. 시내 아파트에서 사는 몇몇 지인들이 녹음 짙은 시골 정취도 맛볼 겸 도자기 체험도 할 겸해서 아이들을 데리고 공방을 찾아와 오랜만에 사람들로 그득해졌습니다. 더구나 오늘은 엊그제 재벌구이를 마친 자두꽃 문양 머그컵을 꺼내는 날이라 어른들은 또 어른끼리 얘깃거리가 생긴 것입니다.

아이들이 낮게 자란 가지의 자두를 따면서 노는 사이 어른들은 공방의 차실에 앉았습니다. 창문 바로 앞 손에 닿을 듯한 자두나무 너머로 바라다보이는 벌판은 어느덧 모내기가 다 끝나 초록의 물결로 넘실거리고, 멀리 김해공항에서는 이제 막 여객기 하나가 또 활주로에 내려앉고 있습니다. 방금 꺼낸 자두꽃 문양의 머그컵을 구경하고 있노라니 아이들이 노랗게 익은 자두와 붉은 자두를 가득 따다 주었습니다. 사람들은 좁은 집에 웬 자두나무가 두 그루나 되느냐고 의아해했습니다.

사실 몇 평 안 되는 우리 집 마당에 자두나무가 두 그루 서게 된 것은 전혀 계획하지 않았던 일입니다. 이사 오기 전에 살던 집에 나이가 꽤 된 살구나무가 있었는데 봄이 되면 온 동네가 분홍으로 물들인 것처럼 고와 그 운치를 잊지 못해 이곳에도 살구나무는 꼭 심을 계획이었습니다. 나무 욕심 많은 남편이 심고 싶어 하는 나무는 마당의 넓이에 비해 종류도 다양하여 우리는 각종 유실수와 함께 살구나무와 자두나무도 한 그루씩 심기로 하였습니다.

겨울이 세 번쯤 지난 봄이 되자 나무들이 꽃을 하나둘 피우기 시작하였습니다. 산수유 노란 꽃빛을 시작으로 청매화, 홍매화, 벚꽃, 모과꽃, 자두꽃, 목련, 감꽃 등이 다 핀 뒤에도 어찌 된 일인지 살구나무의 그 화사한 분홍 꽃빛은 보이지를 않았습니다. 살구나무라고 심은 가지에서는 하얀 속살의 다른 꽃이 서너 개 피었을 뿐입니다. 봄이 지나고 여름이 다가오자 열매들이 제법 커지기 시작했는데, 그때서야 이 나무도 종류가 다른 자두나무인 것을 알게 되었던 것입니다. 아마도 묘목을 팔던 꽃집 아저씨가 자두나무와 살구나무를 혼동해 자두나무 묘목을 준 것 같았습니다. 하필이면 살구나무가 없어 아쉬움이 컸지만, 이미 나무들이 제법 굵어진 우리 마당에는 더 이상 나무를 심을 만한 공간이 없었습니다.

해가 몇 번이나 바뀌어 훌쩍 자란 나무들이 온갖 꽃을 피우기 시작한 지난봄, 손잡이가 달린 머그컵을 만들고 있을 때였습니다. 도자기 성형을 하다 잠시 쉬러 찻실에 앉아서 혼자 차를 마시며 잔에 새겨 넣을 문양을 구상하고 있었습니다. 문득 낯선 새소리가 들려 창밖을 보니 창 쪽으로 뻗은 자두나무 가지 위에 핀 꽃이 살구꽃처럼 화사하진 않아도 무척이나 단아해 보였습니다. 가까이 다가가 살펴보다 그 청순한 빛에 반해 버려 나의 머그컵의 문양으로 자두꽃과 잎을 그려 넣기로 하였는데, 그 완성품을 오늘 꺼내게 된 것입니다.

마당에서는 아이들은 여전히 자두를 따기도 하고 도자기 흙으로 갖가지 물건을 제 맘대로 만들며 신나게 조잘거리고들 있고, 어른들은 상큼한 신맛을 입에 가득 베어 물고는 머그컵의 문양을 감상하면서 담소를 나누며 시간 가는 줄 몰랐습니다.

해가 질 무렵 모두 밖을 나와 자두를 따 모아보니 엉성하게 달려 있는 나무의 겉보기보다는 그 양이 엄청나게 그득합니다. 집으로 돌아가는 아이들에게는 붉은 자두, 노란 자두를 듬뿍 안겨주고, 어머니들에게는 화사하게 웃고 있는 자두꽃 문양의 머그컵을 몇 개씩 선물로 주었습니다. 오늘은 또 이왕에 자두를 따 모았기에 입덧을 하고 있다는 옆집 새댁에게 제일 예쁜 것들만 골라 한 바구니 보냈더니 그렇게도 좋아하네요.

자두나무는 살구나무로 오해를 받은 채 우리 집에 잘못 왔지만, 이제는 나의 도자기에 문양도 되어주고 집에 온 손님도 즐겁게 해주며 이웃에게도 나눔의 기쁨을 안겨 주는 특별한 나무가 되었습니다. 그래서 화사한 분홍색의 살구꽃이 아니라도 흰빛 스며드는 청초한 자두꽃이 피고, 붉고 노란 자두가 익는 우리 마당은 좁기는 하여도 참 풍성한 공간이라는 생각이 듭니다.

생각해 보면 우리 사는 세상에는 의도하든 의도하지 않든, 모든 사물은 다 제 몫의 아름다움과 역할을 지닌 것 같습니다.

# 도자기가 빚어낸 차향

햇차를 백자 다관에 조심스레 담습니다. 다원에서 정성껏 잘 만든 차라서 그런지 옅은 연둣빛 고운 탕색으로 차가 우려졌습니다. 도공의 솜씨가 물씬 풍기는 앙증맞은 백자 찻잔에 차를 따른 후 은은한 차향을 음미하면서 창밖에 내리는 비를 바라봅니다. 어느새 봄은 자취를 감추고 마당의 나무들은 나날이 초록으로 짙어가고 있습니다. 찻물이 곱게 든 다관을 바라보다 가만히 쓰다듬어 봅니다. 문득 다관에 스며든 온기와 세월을 느낍니다.

나는 한때 도자기 작업에 심취한 적이 있었습니다. 대학 시절에 잠시 접하고는 마음에 담아두었다가 애들을 다 키우고 다시 만난 것이어서 푹 빠져들었습니다. 한동안 내 삶의 상당 부분이 도자기와 도자기 작업을 향해 열려 있었습니다. 생활 도자기와 다도구 중심으로 도자기 작업을 하다 보니 자연스럽게 차를 접하게 되었습니다. 강서구 강동 야산 기슭 단독주택에 공방을 짓고 3루베의 가스가마, 토련기, 물레 등을 설치하고 〈고운도예〉라는 명

패를 달았습니다. 강서문화원에 도예 강의를 겸하면서 도자기 작업에 더욱 열심이었습니다. 이 무렵 여러 도공들과 교류하면서 차 문화를 접하고 이어 도반들과 어울려 공부도 제법 하였습니다.

차를 알고 나서는 또 차나무의 매력에 빠져 산골 농장 몇백 평 밭에 차나무를 심고 가꾸기도 하였습니다. 산골 농장을 남편의 호를 따서 〈운경산원〉이라는 현판을 붙여놓고는 내가 만든 차를 재미 삼아 '운경산원 수제 차'라고 불렀습니다. 봄에는 찻잎을 따 일 년 마실 차를 만들었습니다. 내가 만든 다관에 내가 덖은 운경산원 수제 차를 우려 마실 때는 나름의 흐뭇함이 있기도 했습니다.

그러던 중 남편은 정년을 조금 남기고 조기퇴직을 했습니다. 자주 여행도 가고 미루어 두었던 농장을 가꾸기 위해 나도 도자기 작업을 잠시 쉬기로 하였습니다. 도자기 작업은 모든 과정이 연결되어 있어 오래 작업을 미루어 두기가 어려웠기 때문입니다. 출강을 하고 있던 문화원 도자기반 강의도 접었습니다. 언제든지 시작할 수도, 하지 않을 수도 있다고 생각했답니다. 그러다 새로운 환경에 휩쓸리다 보니 나의 도자기 공방은 몇 년째 개점 휴업상태에 놓이게 되었습니다. 이젠 그 휴식기가 너무 길어진 탓에 도자기 작업은 기약이 없게 되었습니다. 반대급부로 차는 생활의 일부로 자리매김하여 잠시의 여유에도 항상 같이합니다. 다도구를 기능적으로 잘 만들기 위해서 차를 접했는데, 차의 세계로 다가가면서 도자기가 오히려 차의 생활에 일부가 되기 시작하였습니다. 인생살이에는 이따금 주객이 전도되는 일도 이렇게 생기는 모양입니다.

차를 생활 속에서 가까이하다 보니 '차를 한 잔 마시면 마음에 여유가 생기고, 두 잔을 마시면 함께하는 이와 대화할 마음이 생기고, 석 잔을 마시면 함께 행복해진다.'는 소박한 생각에 기회만 되면 누구에게나 권하게 되었습니다. 건강에도 좋은 찻잎으로 만든 여러 종류의 차를 나만 누리지 않고 도반들이랑 다양한 문화 행사에 찻자리 봉사를 하기도 합니다. 차를 공부하면서 여러 자격 과정을 섭렵하기도 했지만 도반들이랑 이런 봉사를 할 때 가장 흐뭇하고 보람을 느낀답니다. 오래전 문화원 강의 시절에는 도자기반 회원들과 만든 소품을 판매하여 그 수익금으로 불우한 이웃을 돕기도 하고, 지역 축제장에서 도자기 체험 코너를 만들어 열심히 봉사하는 회원들 뒷바라지를 하는 보람도 있었지만, 차 봉사는 또 다른 재미와 즐거움이 있는 것 같습니다.

이제는 차를 인연으로 만난 도반들이랑 삶의 후반기에 여러 문화생활을 함께 하기도 합니다. 작년에는 중국 황산으로 차 문화 기행을 다녀왔고, 올해는 무이암차인 대홍포로 유명한 무이산을 다녀왔습니다. 중국의 무이산은 커다란 바위로 이루어진 산입니다. 평지가 이미 해발 2천 미터에 가까운지라 삼사백 미터만 올라도 상당한 고산지대인 셈입니다. 골짜기마다 지천인 차밭 구경하느라 비탈진 산길을 힘든 줄도 모르고 오르락내리락하였습니다.

꼬불꼬불 끝없이 이어진 차밭, 옆으로 높은 벼랑, 고개를 젖히고 올려다보면 백합꽃 같은 야생화가 벼랑에 붙어 있어 마치 신선의 세계에 온 듯한 느낌을 주었습니다. 감탄이 절로 나오는 풍경이었답니다. 이런 터전을 가진 이들을 부러워하며 좁은 다랭이밭에 차나무를 가꾸고 일군 농부들의 노고에 찬사를 보냈습니다. 유명한 다원에 가서 맛있는 차도 시음하고 저녁에는 중국의 유명한 장이머우(張藝謀) 감독의 인상 대홍포 쇼를 관람했는데, 중국 차 문화의 과거와 현재, 그리고 기대하는 미래가 담겨 있었습니다. 중국의 차 문화는 일상을 넘어 관광의 중심에 선 것 같았고 이미 차 문화는 상품이 되어 있었습니다. 우리의 차 문화가 한때 차 농가의 농약 파동과 커피 문화의 다양한 저변확대로 위축된 현실이 안타까웠습니다.

처음에는 도자기 작업의 인연으로 차를 만나게 되었는데, 지금은 차를 잘 우리기 위해서 도자기를 다도구로 사용하게 되었습니다. 넓은 공간에 많은 장비들을 갖추어 놓은 도예 공방과 달리 차를 마시는 공간은 우리 집의 작은 일부분입니다. 이 공간은 대화의 소재가 될 다양한 그림, 계절의 한 송이 꽃꽂이, 차에 필요한 다구를 비롯한 수공예 소품 등으로 배치하면서 소박한 집안의 문화 공간이 되었습니다. 가끔 지인들을 초대하여 차향도 음미하고 아름다운 다도구도 감상하며 일상과 관심 있는 이야기를 나눕니다. 혼자서 창밖의 계절 변화를 느끼는 여유로움을 갖는 것도 차와 함께하는 덕분입니다.

이 비가 그치고 나면 더운 여름이 성큼 다가올 것입니다. 그때는 복숭아향이 가득한 홍차로 아이스티를 만들어 남편과 함께 시원한 한때를 즐겨볼 생각입니다. 빗방울 소리 은근히 듣는 창턱 선반 위 다관들과 찻잔의 다양한 맵시 너머로 빗물에 흠뻑 젖고 있는 차나무 새순들을 바라봅니다. 차 한 잔의 여유로 촉촉이 젖어 드는 오후 한나절입니다.

# 첫 찻잎을 따던 날

새벽녘에 잠시 흩뿌리고 간 고운 봄비에 온 산록이 촉촉이 젖은 오월의 첫날 아침입니다. 엷은 산안개가 싱싱한 수목 위로 포근히 깔려 있는 외딴 산장은 뱀의 발자국 소리마저도 들릴 듯이 고요한 세상입니다. 간밤에는 여기저기 소쩍새가 그리도 울어 쌓더니만 아침이 되자 이제는 뻐꾸기가 바로 등 뒤에서 울고 있습니다. 시꺼먼 겉보기와는 달리 환상적 음률의 뻐꾸기 소리는 언제 들어도 아련한 그리움에 젖어드는가 봅니다.

"잎이 참새 부리처럼 두 장 나온 어린것을 따야 우전(雨前)이 되는 거란다."

오늘은 작년 가을에 맞이한 새 며늘아기와 마주 구부리고 서서 찻잎을 따고 있습니다. 땅이 좋아서인지 찻잎이 튼실합니다. 곡우가 지난 지 열흘이나 되었건만, 이곳 밀양은 해안 지역과는 기온이 달라 우전 찻잎 따기는 지금이 적기인 듯합니다. 밀양의 화악산 자락 아무도 눈여겨보지 않는 외딴 산골에다 값싼 집을 마련해 놓고는 마당과 텃밭의 가장자리에다 차를 심은 지 4년이나 지났어도, 그동안 장난 반 놀이 반으로 가꾸기를 하다가 비로소 올해 처음으로 작은 수확을 하게 되었답니다.

난생처음으로 찻잎을 만지는 며늘아기는 계속 무어라고 쫑알대면서 신이 났는데 아들 녀석은 아직 늦잠을 자는 모양이고, 남편은 낫을 들고 위 밭에서 무엇을 하는지 바지런을 떨고 있습니다. 밤에 혹시나 산짐승이라도 나타나면 경보를 해 줄 것 같아 함께 데리고 왔던 10년생 애완견 예삐가 방에 갇힌 채 주인 곁에 오고 싶다고 칭얼거리면서 뻐꾸기와 맞장단을 치고 있고요.

우리 가족이 이렇게 모여 직접 차를 만들기로 한 것은 지난해 결혼한 큰아들의 첫 생일을 함께 보내기 위해서였습니다. 나는 서울의 며늘아기에게 슬쩍 의견을 물었고 별다른 계획이 없음을 알고는 이런 약속을 한 것입니다. 수련의라 한창 바빠서 같이 오지 못한 작은아들 때문에 약간 아쉽기는 하지만, 큰녀석 내외를 이렇게 밀양 산골로 오게 하여 첫 생일 파티를 특이하게 하는 것도 낭만적일 것 같았습니다.

어제저녁은 마당에서 참숯불에 오리고기랑 삼겹살을 구웠습니다. 남편은 고기를 굽고 나는 다른 음식을 장만하느라고 한창 바쁜데 며늘아기가 쌈을 싸서 나의 입에 넣어주었습니다. 약간은 당황하면서 기분이 야릇해졌습니다. 어색하게 입을 크게 벌리고 받아먹는데 아들 녀석도 큼직한 쌈을 싸서 제 아버지의 입에 넣어 주고 있었습니다. 사실 우리 큰아들은 이렇게 좀 싹싹한 맛은 별로 없는 싱거운 녀석입니다. 아마 부자간에 목욕탕에서 서로 등을 밀어주기는 하였어도 이렇게 쌈을 싸서 받아먹은 적은 남편도 처음일 것입니다. 솔직히 말해 약간 어색하기는 하였지만 저도 남편도 무척 흐뭇하였습니다. 이번 밀양 별장 생일 파티의 가장 흐뭇한 소득이라고나 할까요.

사람의 불빛이라고는 한 점 없는 산속에서 하늘의 별빛만큼이나 총총한 별들을 바라보며 이런저런 이야기로 도란거리는 밤을 소쩍새가 또 애잔하게 울어 적막감 잔잔하게 번져나는 산장의 봄밤은 참으로 운치 있고 정겨웠습니다.

우리 며느리는 충청도 시골 출신이라 이런 산골 생활이 유난하다거나 별로 낯설지 않은 모양입니다만, 찻잎을 직접 따고 제다(製茶)를 직접 해볼 것이라는 생각에 신이 난 모양입니다. 산기슭에 비단결처럼 잔잔히 깔려 있던 안개 흔적이 명주실로 풀어지고 산등성 소나무 숲 사이로 아침햇살이 날아올 무렵, 우리는 간편한 방법으로 차를 만들기 시작했습니다. 새 전기프라이팬 온도 조절을 한 다음 차를 덖어 대나무 소쿠리에다 손으로 비비고 다시 덖기를 여러 번을 한 다음 네 식구 처마 밑 탁자에 앉아 직접 만든 차를 우려내었습니다. 분청 찻잔에 고운 연둣빛이 어른거리는 차를 두 손으로 받쳐 드니 이내 코끝으로 구수한 향기가 스며들고 입에는 달짝지근한 맛이 그득합니다.

녀석들을 기차로 보내놓고 부산으로 향하는 차 속에서 남편도 나도 아무 말은 않고 있었지만, 아직도 눈에는 숲을 덮은 산안개가 아른거리고 귓가에는 뻐꾸기 울음이 메아리치는데, 여전히 입 속에서도 녹차의 그윽한 향기가 맴도는 상쾌한 기분이었습니다.

덩달아 싱그러운 신록을 채비하느라 국도변 가로수의 여린 가지들도 한껏 봄기운을 펼치고 있었습니다.

# 남도 여행길의 단비

올해는 유난히 비가 적게 내렸습니다. 산골에도 나무들이 목이 타는지 잎사귀들은 때 이른 단풍으로 말라가고 있습니다. 장마철이 한창때인 6, 7월에도 제대로 비가 내리지 않은 데다, 사람 못살게 구는 그 무서운 태풍조차 한번 없었습니다.

남편과 함께 차나무를 가꾸어 놓은 이곳 산골짝, 집 뒤의 작은 개울, 세숫대야만 한 웅덩이에는 눈만 붙은 송사리들이 이제나 저제나 여린 배를 뒤집은 채 산새의 밥이 될 날이 시시각각 다가오고, 생활용수로 끌어들여 사용하던 집 위쪽의 웅덩이마저 바닥을 보이고 말았답니다. 수확을 앞둔 농부들의 감나무는 가뭄 탓에 때 이른 붉은 감을 주렁주렁 매단 채 아침부터 이파리를 늘어뜨리고 섰고, 차나무의 빼곡히 맺힌 꽃송이들은 피지도 못한 채 갈색으로 말라가고 있습니다. 뿌리가 몇 미터나 내리 뻗는다는 차나무가 이 지경인 걸 보면 땅속 깊은 곳에도 목이 타는 모양입니다. 하늘은 지상의 모든 생물에게서 물기를 몽땅 앗아가 버릴 것 같은 마른 열기만을 몇 달째 계속 쏟뜨리고 있습니다.

가뭄에는 마른 산골 기온이 더 높습니다. 물이 마르니 기운 잃은 초목들마냥 산속의 일상에도 신이 나지 않습니다. 아직은 시월도 꽤 남았건만, 벌써 초겨울의 마찰음을 내며 마당을 뒹굴고 다니는 낙엽 소리조차 을씨년스러워 귀에 거슬립니다. 이 메마른 곳을 잠시나마 잊고 싶었습니다. 남편을 바라보았습니다.

"우리 부산 집이든 어디든 다른 곳으로 갑시다."

"그게 좋겠다."

우리 내외는 뜬금없는 유람을 떠나기로 하였습니다. 무작정의 여행에는 이력이 난 터라 후다닥 짐들을 챙겼습니다.

"어디로 갈까?"

"담양."

시동을 걸며 남편이 묻길래 평소 가보고 싶었던 지명이 나도 모르게 튀어나왔습니다. 남해고속도로를 달려 진주를 거쳐 순천 쪽으로 달리는 도로변에도 가뭄의 계절 빛은 역력했습니다. 담양 죽녹원의 대나무 숲속은 뽀얀 먼지투성이었고요. 대나무 밑의 죽로차라 이름한 차나무 잎은 메마른 땅을 산책하는 사람들의 발길로 먼지를 두텁게 뒤집어쓴 채 마른 숨을 헐떡이고 있었습니다.

해질 무렵, 민속박물관을 겸하는 민박을 찾았습니다. 툇마루가 있는 초가지붕을 한 정취 있는 잠자리였습니다. 그런데 한밤중에 바깥 화장실을 다녀온 남편이 '머리에 빗방울 세 개 맞았다.'고 농담을 하곤 금세 잠이 들었습니다. 나는 어렴풋이 '어제 일기예보에 비 소식은 있다고 했어요.'라면서도 그동안 하도 많이 실망을 했기에 '기대는 아예 접어요.'라고 말했지요. 그런데 잠결에 빗방울 떨어지는 소리에 눈을 번쩍 떴습니다. 시계는 새벽 6시를 가리키고 있었습니다. 마루로 난 문을 열고 밖을 보니 뜻밖에도 잔디 위로 제법 굵은 빗방울이 떨어지고 있었습니다. 몇 달만에 처음 보는 굵은 빗줄기였습니다. 신이 나서 남편을 깨웠습니다.

초가지붕의 추녀 끝에서 쪼르르 떨어지는 낙숫물 소리.

비도 비려니와 정말 오랜만에 접하는 시골 정경이 펼쳐지고 있습니다. 우리는 한참 동안 툇마루 문을 연 채 처마에서 떨어지는 비를 흐뭇하게 바라보았습니다. 문득 메마른 몽골 여행의 마지막 날에 내리던 비가 생각났습니다. 몽골에서는 비를 동반한 사람을 귀한 손님이라고 했었지요. 그럼 우리는 남도의 귀한 손님 아닌가요. 나는 이 비구름이 동쪽으로 이동하여 우리 집이 있는 경상도 그 골짜기에도 넉넉히 내려 주기를 기대하였습니다.

소쇄원으로 가는 도중에도 낮게 내려앉은 구름이 얌전히 비를 뿌립니다. 남편은 우리 사는 산골의 이웃집에 전화를 하고는 그곳에도 비가 오는지 확인하느라 부산을 떱니다. 여행 중에 비를 만나면 참 운수 사나운 날이겠지만 가뭄 끝의 탈출 나들잇길에 반가운 비를 동행했으니, 모든 풍경이 더욱 아름다워 보였습니다. 소쇄원을 향해 광주호를 끼고 구불구불 난 길을 돌고 또 돌아가니, 가로수와 호수는 그 사이 흠뻑 비를 머금어 고운 가을 빛깔로 물들어 가고 있습니다.

소쇄의 뜻이 '맑고 깨끗하다.'라는 군요. '이곳에서 마음을 맑고 깨끗하게 닦을 수 있을까?' 하는 생각에 빠져 있을 때 차는 어느새 주차장에 도착하고 있었습니다. 길 건너 매표소 맞은편 안내판에는 건축 유래와 설립자 등이 적혀 있는데, 유난히 나의 마음을 사로잡은 문구가 있었습니다. 양산보의 유지였어요.

'어리석은 후손에게 물려주지도 말고 팔지도 말아라.'

소쇄원의 내원인 제월당은 '비 갠 하늘의 상쾌한 달'이라는 뜻이랍니다. 이 비 개면 충분히 상쾌한 달이 뜨리라. 암, 뜨고말고! 고마운 비는 여전히 내리는데 내원인 제월당을 피해 사랑채인 광풍각 마루에 걸터앉았습니다. '비 갠 뒤의 햇살 아래 부는 청량한 바람을 맞이한다.'라는 광풍각입니다. 사람 드문 평일에다 비까지 내리는 정경이 너무나도 고즈넉합니다. 오랜 세월 부대껴 왔을 아름드리나무와, 돌담 위에 낀 작은 이끼가 묘한 대조를 이룹니다. 계곡에서 흐르는 물줄기를 모으고 흘리는 구성이 독특하였습니다. 골짜기의 물을 왕대나무 통으로 연지로 모았다가, 연지의 그 물은 다시 원래의 계곡으로 흐르도록 되어 있습니다. 자연에서 얻은 것을 다시 본래의 자리로 되돌려 보내려는 주인의 마음인 것 같았습니다.

고맙게도 빗줄기는 쉽게 그치진 않을 모양입니다. 이 단비가 그치고 나면 광풍각에는 가을을 재촉하는 청량한 바람이 불어, 곱게 물든 단풍들이 낙엽 되어 뒹굴겠지요. 밤이면 제월당 뜰에도 푸르고 시린 달도 뜨겠지요. 마음속에 한 장의 그림을 그리면서 돌아보고 또 돌아보며 소쇄원의 의미를 다시 한번 음미해 봅니다.

불운한 시대를 살아가면서도 깊은 뜻을 세운 한 지성인을 통해, 자연은 내 안에 끌어들이되 다시 온전히 되돌아가게 하는 것, 내가 만든 것이지만 나만의 소유가 아니라는 것을 어렴풋이나마 깨닫게 한 남도의 이번 여행길.

대지에 촉촉이 배어드는 반가운 빗줄기는 내 마음도 넉넉히 적시고 있습니다.

# 5월의 차실

산골 농원에 오랫동안 꿈꾸던 멋진 차실을 하나 지어서 그런지, 올봄은 찻잎 딸 시기를 유달리 많이 기다렸습니다. 차를 정성껏 만들고 차향을 잘 가두어 옹기에 담아 편백나무로 만든 차실에 둘 생각을 하니 마음이 무척 설레었습니다. 내가 사는 산골 집은 설중매의 단아한 꽃잎과 은은한 향기로부터 봄이 시작됩니다. 하지만 봄을 시샘하는 꽃샘추위에 밤새 산수도가 얼고, 세숫대야의 물도 어는 곳입니다. 이제 좀 따뜻해졌나 싶으면 서리가 내려 봄기지개를 켜는 봄꽃들을 시커멓게 멍들게도 합니다. 꽃샘추위가 심술을 부려도 화사한 벚꽃, 살구꽃, 복사꽃에 이어 목련과 라일락이 피어나고, 그렇게 봄이 슬슬 머뭇거리는 사이에 밤이면 소쩍새 우는 소리를 듣게 됩니다.

멀리서 들리던 소쩍새 소리가 그리움처럼 아련히 들리다가 조금씩 가깝게 들린다고 느껴지면 절기상 곡우가 되고, 찻잎을 딸 때가 됩니다. 지난겨울의 모질고 혹독한 추위를 오롯이 이겨낸 묵은 잎 사이로 뾰족 내민 찻잎, 곡우 전후로 따서 만든 차를 우전이라고 하면서 명차(名茶)로 여기지만, 겨우내 추위를 견딘 차나무를 생각하면 애틋한 마음이 앞서서 찻잎이 더 자랄 때를 기다립니다. 뻐꾸기가 홀연히 머리 위로 날아가며 '뻐꾹, 뻐꾹' 울음소리를 공중으로 날려 자신의 존재를 알리기 시작할 즈음, 이제는 이곳 산골에도 차 순을 따 첫물차를 만들 시기가 된답니다.

우리가 산골 집 밭에다 차 씨를 심고 가꾼 세월이 십 년을 훌쩍 넘었습니다. 찻잎의 생산량도 제법 되었기에 나는 차를 만들어 잘 보관할 수 있고 지인들이 방문하면 다담(茶談)도 나눌 수 있는 조그마한 공간이 있었으면 하였습니다.

하지만, 삶을 웬만큼 살았으면 있는 것도 이제는 정리하며 줄여나가야 나중에 떠나기가 훨씬 쉬워진다는 게 남편의 평소 지론이었습니다. 가끔 차밭에서 찻잎을 따다 보면 빼곡한 차나무 가지들 틈새 위에 작년에 새끼들을 키우고 버린 작은 새의 둥지를 발견하곤 한답니다. 새들은 오로지 새끼를 낳아서 키울 때만 집이 필요합니다. 소유의 개념이 없는 그들은 애써 지은 집에 아무런 미련이 없습니다. 사람이라면 그 집을 버리기는커녕 이것저것 꼭 필요하지도 않은 것들을 쌓아가며 살고 있을 것입니다.

이런 자연의 모습을 보면서 남편의 생각에 동의는 하지만, 아직은 소유의 미련을 떨치지 못한 까닭에 차실을 짓고자 하는 애착을 버리지 못하고 있었습니다. 희망 사항을 해결하려면 어떻게든 남편이 차실을 짓는 데 동의하도록 설득하는 것이 먼저입니다. 나는 무척 소심한 성격의 소유자인지라 한꺼번에 얘기도 못 하고 조금씩 내가 무엇을 꿈꾸고 있는지를 말하였습니다. 그런지 몇 달 후 자동차로 여행을 하면서 이런저런 얘기를 나누던 중, 차실에 대한 얘기를 슬그머니 꺼냈습니다. 차실의 필요성도 누누이 얘기하고, 한 십 년 정도 잘 활용하면 내가 그로 인해 얼마나 행복할지를 열변했습니다. 남편도 긍정적으로 생각해 보자고 하였습니다. 이후 소소한 의견 차이는 있었지만 차실을 짓는 계획은 진행형이 되었습니다.

마침 전망이 훤히 트인 위쪽 차밭에는 원두막을 지으려고 남겨둔 빈터가 있었습니다. 덕분에 차실 터는 달리 조성하지 않아도 되었습니다. 드디어 이웃 마을에서 온갖 자재로 시골 농가나 창고 짓는 일에 솜씨 좋은 아저씨를 섭외하였습니다. 벽은 나중에 하기로 하고 먼저 정자처럼 네 개의 철제 기둥에다 양철 기와를 올리는 작업부터 시작하였습니다. 우리의 빠듯한 예산에 맞추긴 해야겠지만 시골의 여러 사정도 감안해야 했기 때문이었습니다. 우선은 그렇게 시작하고 벽과 바닥은 나중에 시공할 생각이었답니다. 차실이라기보다는 정자처럼 만들어진 공간에 의자를 서너 개 들이고는 몇 달을 사용하면서 벽체를 어떻게 할까 하고 고심을 하고 있었습니다. 운이 따랐던지 여름이 지나자, 우리 집 위쪽 길 너머에 절집 공사를 시작하였습니다. 오며 가며 절집 공사를 지켜보니 퓨전 한옥을 짓고 있었습니다. 절집이 거의 완공 단계에 이른 무렵, 뜰에다 편백나무로 지은 차실 겸 정자를 보고 남편과 함께 절집 공사를 맡은 사장님에게 우리의 차실 마무리도 부탁하였습니다. 다행히 절집 공사가 끝나면 차실을 완성해 주마고 약속하였습니다. 지출이 약간 초과가 되긴 하였지만, 가을이 끝나갈 무렵 나의 차실은 천장과 벽은 물론 바닥까지 편백나무로 시공하였고, 출입문 앞에다 조그마한 툇마루까지 놓은 퓨전 한옥 별당처럼 되었습니다. '茶'를 새긴 조그마한 현판을 출입문 왼쪽에 이름표처럼 붙였습니다. 이 서각품은 남편이 몇 년 전 재미 삼아 잠시 서각을 배울 때에 오래된 나무판에다 '고운'이라는 나의 호까지 새겨 선물한 것입니다. 처마 끝에는 그동안 간직해 오던 풍경을 매달았더니 마음에 쏙 드는 차실이 되었습니다.

다행히 올봄은 강수량도 적당하여 찻잎 수확이 제법 넉넉하였습니다. 아침마다 찻잎 따는 재미를 듬뿍 맛보았습니다. 이른 아침 수확한 찻잎의 이슬이 마르면 솥에 넣어 덖음차를 만들어 향기를 가두고 옹기 항아리에 담습니다. 〈고운차실〉이라 명명한 차방에 차향 그윽한 항아리가 서로 벗들이 되어 옹기종기 자리를 같이하였습니다. 다도를 가르치는 어떤 선생님께서 '맛있고 향기로운 차는 친구의 입속에 보관한다.'라고 하셨습니다. 오늘은 혼자 차방에 앉아 다기를 닦고 정리합니다. 정다운 다담을 나눌 지인들을 생각하며 마음마저 향기로워지는 5월입니다.

# 할머니의 두릅나물

시골 오일장은 사람 사는 냄새가 납니다. 대형 마트나 도시의 시장과는 달리 웃음이 넘치고 인정이 넘칩니다. 소박한 볼거리도 많습니다.

찻잎 따기를 하지 않는 오늘은 장터 구경을 갔다가 초입에서 특별한 할머니를 만났습니다. 보통은 두릅을 소쿠리에 담아 놓고 파는데, 이 할머니는 희한하게도 굴비처럼 짚으로 엮은 두릅 묶음을 팔고 있습니다. 어떤 묶음은 돌돌 말아놓고, 또 어떤 묶음은 길게 펼쳐 놓았습니다. 처음 보는 광경입니다. 참 맵시 있는 솜씨로 앙증스럽게 엮었습니다. 우리도 두릅 밭이 따로 있기에 해마다 순을 따서 친지들과 나눠 먹기도 하지만 이렇게 짚으로 엮을 일은 상상하지 못했습니다. 마늘이나 무청같은 것은 짚으로 엮어 매달기는 하지만 두릅은 처음 보는 광경입니다. 저렇게 공을 들인 연유가 무엇인지 무척 궁금했습니다. 그러나 마수걸이도 못 했을지도 모르는 판에, 사지도 않을 것을 아침부터 묻기가 어려워서 일단 한 바퀴 둘러보기로 했습니다.

장터 자전거 수리점 앞에는 수많은 자전거가 세워져 있네요. 시골 오일장에는 나이 든 남정네들은 여전히 자전거를 타고 먼 길을 와서는 여기에 세워 두나 봅니다. 내가 신혼 시절 시댁에 가서 처음 구경했던 오일장 자전거길 얘기를 남편에게 또 꺼냈습니다. 그날은 남편의 등짝에 딱 붙은 자갈길의 자전거 뒷좌석이었거든요. 잔잔한 강둑길을 지나 비포장 자갈길을 달리자 나의 엉덩이는 공중제비하기 시작했고, 아프기도 하려니와 곧 떨어질 것 같아 불안하기 짝이 없었던 긴 추억입니다. 그래도 오래 기억나는 것을 보면 강바람에 머리칼을 날리는 운치 있는 나들이였나 봅니다.

그때나 지금이나 시장통의 난전에서는 사람들 틈에서 장터국밥을 한 그릇 먹는 재미도 쏠쏠하기에 그 냄새를 따라 끌려들어 갑니다. 길목에 즐비한 채소 난전에는 산촌의 계절이 한눈에 다 들어옵니다. 궁금증 많은 남편은 또 아까 그 할머니의 두릅을 얘기하네요. 여기에도 두릅 엮음 상품은 보이지 않고요. 남편과 함께 시골 생활에 정을 붙이다 보니, 나무를 좋아하고 동물을 아끼는 남편의 마음을 닮아 가는 건지 어느새 나도 전원 지향적이 되었습니다. 이제는 '저건 도라지고 이건 더덕이고, 저건 취나물이고 이 고사리는 국산이 맞아.' 하면서 아는 체도 하게 되었답니다. 자연스럽게 도심 생활 사이사이 산골을 찾아 새로운 삶의 공간을 내 것으로 바꿀 수 있게 되었나 봅니다.

시골 생활 몇 해 동안 온갖 잡초에 시달린 우리는 봄에 심는 채소류를 가능한 씨를 뿌리지 않고 오일장에서 각종 모종을 사다 심고 있습니다. 이것도 산골 생활의 봄에 하는 중요한 일입니다. 그리고 밭 둘레 여기저기 심어놓은 두릅나무, 엄나무, 가죽나무, 오가피나무 등의 순을 채취하는 수확의 기쁨으로 봄을 누리고 있습니다. 그래도 내가 수확할 수 없는 나물을 사거나 모종과 씨앗 따위를 살 때는 오일장으로 가야 제맛입니다.

시골 생활에 나름 익숙해져 봄에 나는 각종의 산나물들도 대충 알게 되었고 가꾸거나 채취하는 어려움을 알게 되었기에 장터에서 할머니들이 조금씩 준비하여 파는 푸성귀나 나물들을 귀하게 여기게 되었습니다. 그리고 아직은 시골 장터는 인심이 후하여, 귀한 나물들을 덤으로 주기도 하고 간혹 모르는 나물의 요리해 먹는 방법을 물으면 자상하게 일러 주기도 합니다.

우리 내외는 아까부터 무척 궁금했던 할머니의 두릅 난전을 향에 자연스럽게 발길을 옮겼습니다. 가는 도중 서로 그 이유를 주고받았지만, 해답은 알 수 없었습니다. 평생을 산골에서 살아오신 할머니기에 분명히 우리가 모르는 무슨 특별한 용도가 있으려니 생각했습니다. 제법 팔았는지 물건이 얼마 남지 않았네요. 내가 할머니께 말을 건넸습니다.

"할머니, 엮어놓은 두릅은 말려서 먹는 건가요?"

"두릅은 데쳐서 먹는 거지 말려서 먹는 게 아니야."

"그럼, 왜 엮어서 파나요?"

"예뻐 보이라고."

뜻밖의 대답에 우리 내외는 그만 폭소를 터뜨렸습니다. 산골 할머니가 기상천외한 상품 디자인을 개발했네요. 상큼한 아이디어가 돋보이는, 특별한 할머니가 있는 시골 오일장에서만 볼 수 있는, 기발한 두릅 엮음 판매였습니다.

난전에서 밭에 심을 모종과 말려서 먹을 고사리와 찬거리를 사고 점심 요기로 장터 국밥 한 그릇씩 하고 차를 타고 돌아오는 내내 그 할머니의 '예뻐 보이게' 엮어 팔던 두릅나물 생각에 미소가 떠나지 않았습니다. 시골 오일장은 예쁘게 엮어 파는 할머니의 두릅나물을 볼 수 있는 곳입니다.

# 대제 행사 다회

## - 제1회 이순신 장군 부산대첩 대제

임진 7주갑(七周甲)의 시월 초사흘 밤, 조선 수군들이 심야 작전 회의를 하던 가덕도 천성진 옛터에서 개최된 <제1회 이순신 장군 부산대첩 대제> 행사에 야외 다회를 열었습니다. 임진왜란 420년 후 2012년 10월 4일 오전 11시, 이순신 장군의 부산 대첩 승리를 기념하는 대제를, 장군께서 3박 4일 동안 머물며 진두지휘했던 천성진 성터에서 부산 강서문화원 주최로 거행하게 되었습니다.

부산대첩일인 10월 5일을 기념하여 부산시민의 날로 지정되었기에, '제1회 이순신 장군 부산대첩 대제' 봉행이 부산시민의 날 전야제 성격을 지닌 뜻깊은 행사였습니다. 문화원장님을 비롯하여 부산, 충남 아산 현충사, 해국 군악대 등 많은 관계자의 참여로 의미 있고 경건한 행사였습니다.

몇 주 전부터 만반의 준비를 하였습니다. 수소문하여 좋은 차를 멀리 찾아가서 시음을 해보고, 향기 좋고 맛이 좋은 발효차를 구해 놓았습니다. 차 도구도 대제의 분위기에 맞게 소박하지만 품위가 있는 것으로 준비하고 모자란 것은 빌려 두었습니다. 차 도구 아래 까는 다포 하나, 다식 떡을 집어 드실 집게 하나도 소홀히 할 수 없었습니다. 나는 나를 도와 봉사할 보조 인원으로 문화원 운영위원 두 분과 문화원 학생회 부회장님을 모셨습니다. 우리는 행사에 오시는 분들을 초입에서 맞이하는 찻자리 담당이었습니다. 네 사람의 역할을 배분하였습니다.

과일꽂이는 두 종류로 하여 이쑤시개 끝에 꽃이나 작은 열매를 꽂고, 오죽으로도 만들어 준비해두었습니다. 다화는 소박한 찻자리에 맞게 계절에 맞는 야생화와 들에 핀 풀꽃으로 준비를 하였습니다. 차회를 위해 다구는 깨어지지 않게 일일이 낱개로 포장을 해야 됩니다. 행사 하루 전날 찻잔을 뜨거운 물에 넣어 살균하여 정갈하게 준비하고 빠진 것이 없는지 점검하고 포장을 하였습니다. 준비한 차도 다관에 넣어 차의 양과 물의 양, 온도에 맞춰 우린 다음 시음을 해보았습니다.

대제 현장의 찻자리를 살펴보기 위해 행사 전날 가덕도 현장으로 갔습니다. 평소에는 가는 길 내내 컨테이너를 실은 대형 트럭이 분주히 오가고는 데 명절이 지난 다음이라서 그런지 도로는 다소 한산하였습니다. 가덕도는 12년 전, 새천년의 해돋이를 보기 위해 방문하였던 때와는 많이 달라져 있었습니다. 여기도 변화의 바람이 불어 섬 초입은 신항만이란 이름을 달고 대규모의 컨테이너 부두가 조성되어 있었습니다. 하지만 섬 안쪽은 아직도 소박하여 지난 모습을 많이 간직하고 있었습니다. 대제를 지낼 제단이 조성된 곳은 천성진 성터 안쪽의 밭을 정비하여 잘 만들어 놓았습니다.

행사 당일은 부산대첩 기념대제에 오시는 손님들의 차 대접을 위한 차회 준비를 위해 아침 일찍 서둘러 집을 나섰습니다. 하늘은 높고 청명하여 대제를 지내기에 좋은 날씨였습니다. 그래도 바다가 지척인 섬인지라 바람이 많이 불면 행사를 위하여 친 천막이나 다른 시설들이 펄럭일까 염려되었는데 정말 바람 한 점 없이 고요하여 대제 행사를 치르기에 적합한 날이었습니다.

가을 풍광이 물씬 풍겨 아침나절은 다소 쌀쌀해졌으나 한낮의 햇볕은 아직도 강하였습니다. 행사를 위한 마지막 점검을 하는 현장은 더위와 긴장감으로, 연세 있으신 분들이라 힘들 법도 한데 행사에 대한 자부심과 열정으로 힘차 보이고 목청도 쟁쟁하였습니다. 우리는 찻자리를 펼칠 장소와 테이블의 개수, 물 끓이는데 필요한 전기 설치, 물을 사용 할 수 있는 곳 등을 정비하였습니다.

찻자리를 행사의 내용처럼 소박하고 격조 있는 자리로 만들기 위해, 우리는 고운 한복을 입고 정갈한 모습으로, 대제에 참석차

먼 길을 오신 손님에게 마음과 정성을 담은 따뜻한 차를 대접하였습니다. 차의 내용은 연차와 황차입니다. 향기로운 연차는 차를 드시고 대제에 참석하면 경건한 마음이 행사를 마칠 때까지 함께 하기를 바라는 마음으로 준비하였고, 황차는 식을 마친 후 점심을 드신 다음 소화를 돕고 기운이 돌기를 기대하는 마음으로 준비한 것입니다.

도자기로 된 연지에 연잎 차 우린 찻물을 담고 희고 고운 백련을 띄워 아름다운 찻상으로 연출하고 연꽃잎 모양 찻잔으로 멋을 더했습니다. 발효차를 담는 다관도 분위기에 맞춰 유약 없이 무유로 구워 만든 다관을 선택하여 자연스러움을 더하였습니다. 소박한 국화꽃을 다화로 꽂아 정갈하고 따뜻한 분위기에 먼 길 오신 손님들 마음 편히 차 한잔할 수 있는 찻자리가 되도록 했습니다.

나름으로 열심히 준비를 하였습니다. 대제 행사의 처음 찻자리라 많은 손님들의 칭찬이 있었습니다. 그러나 다소 미흡한 점도 있었으리라 생각하며, 야외 다회의 멋과 맛을 좀 더 익혀서 다음 대제 때는 더 나아진 모습의 찻자리가 될 수 있도록 마음을 가다듬었습니다. 가덕도 앞 바다는 중천 햇살 아래 조각조각 반짝이는 물결로 갓 막을 내린 <제1회 이순신 장군 부산대첩 대제>를 더욱 풍요롭게 마무리하고 있었습니다.

# 오후 2시,<br>홍차의 매력에 빠지다

유월의 비가 마른 땅을 촉촉이 적시며 봄비처럼 기분 좋게 내리는 오후. 완행열차를 기다리는 플랫폼의 벤치에 앉아, 도심의 철로 위로 가만히 내리는 비를 바라봅니다. 어디서 날아 왔는지 비를 피해 젖은 비둘기 한 마리가 혹시 먹이라도 있는가 살피며 벤치 주변을 종종거립니다. 철길 옆 낡은 집 너머 고층 빌딩들은 낮은 비구름에 휩싸여 흐릿합니다. 혹시라도 고객이 기차를 놓칠세라 스피커에서는 연신 낭랑한 목소리로 친절하게 안내방송을 합니다. 나를 태울 열차가 플랫폼으로 천천히 다가옵니다.

평일에다 출발역을 얼마 지나지 않아서인지 기차간은 한산합니다. 기차가 구포역을 빠져나오니 낙동강 너머 저 멀리 산자락에 우리 집 붉은 지붕이 아련하게 보입니다. 그러나 지금은 산골 집으로 갑니다. 두고 가는 집 생각을 잠시 하다가 우리 마을 뒷산마저 시야에서 멀어지면 나는 어느새 창밖 풍경에 매료되고 맙니다. 그리고는 혼자 이렇게 중얼거립니다. '서울 쪽으로 가는 기차를 탈 때는 꼭 왼쪽 창가에 앉아야 해.'라고. 그래야만 낙동강을 바라보는 자리가 되거든요. 지금처럼 비가 적당히 내릴 때는 초록의 들판과 하구에 가까워져 느릿하게 흐르는 강, 가깝고 먼 산들이 비구름에 싸여 수묵화 같은 풍경을 연출합니다. 달리는 차 창에서 바라보면 정말 멋집니다. 벌써 나도 그 수묵화의 일부분이 된 듯합니다.

나는 요즘 홍차의 매력에 푹 빠져있답니다. 벌써 넉 달째 화요일마다 홍차 강의를 듣습니다. 그 덕분에 시간만 나면 홍차를 마시게 되었습니다. 오늘처럼 비가 내려 농사일에서 한가로워진 날은 산골 집 거실에 남편과 마주 앉아 다음에 할 일도 의논하고 아이들 얘기도 하면서 홍차를 우립니다. 문양이 예쁜 찻주전자에 향기 좋은 홍차를 넣고 뜨거운 물을 부은 후 티코지를 씌워 차가 우러나길 기다리는 3분은 마음이 설렙니다. 애지중지 아끼는 찻잔을 꺼내 뜨거운 물로 데운 후 차를 따르고, 따뜻한 차의 향과 맛을 음미하며 달콤한 다식을 먹습니다. 여유가 있는 오후입니다. 창밖 나뭇가지에 탐스럽게 매달린 매실에 빗방울이 맺혀 더욱 초록으로 싱그럽게 보입니다. 우리는 매실을 바라보며 지인들에게 나누어줄 의논을 하느라 분분합니다.

몇 해 전부터 홍차 강의를 듣고 싶었지만 시간을 내지 못하다가 올해는 덜컥 등록부터 하였습니다. 오후 2시에 시작되는 홍차 강의를 듣기 위해 산골 집을 나서서 부산으로 갑니다. 먼 거리를 운전하기 싫어서 택한 교통수단이 기차였습니다. 산골 집에서 기차역까지는 시간에 맞춰 승용차를 운전해서 갑니다. 기차를 타고 부산에 도착하면 지하철로 이동하고 다시 강의가 있는 곳까지는 셔틀 버스를 타고 갑니다. 이렇게 먼 거리를 다양한 교통수단을 바꾸어 타면서 가게 된 것은 내가 좋아하는 또 다른 차문화 세계의 매력에 빠졌기 때문입니다. 처음에는 거리가 멀어서 포기하게 될까 봐 마음을 다잡았는데 지금은 이 공부가 나의 스케줄의 우선순위가 되었답니다. 멀어도 항상 강의 시작 30분 전에 도착합니다.

산골 집 뜰과 밭에는 이른 봄에 화사하게 피어 있던 매화에 어느새 초록색 열매가 알알이 맺혀 잎사귀 사이로 싱그러운 모습을 숨기고 있습니다. 매실을 수확할 시기가 된 것입니다. 홍차 수업이 있는 날은 오후의 일정을 소화하려면 산골에선 이른 아침부터 부산을 떨어야 합니다. 남편의 지인이 부탁한 매실을 나무에서 튼실한 것으로 골라 따서 택배로 부치기 위해 우체국으로 갑니다. 오늘은 별다른 일이 없어 남편은 바쁘게 서두르는 게 싫다고 했지만, 오후에 비가 온다는 일기예보가 있었기에 내일은 매실을 딸 수 없을까 봐 염려되어 채근을 합니다. 차를 타고 우체국에서 돌아오는 길에 남편을 마을 어귀에 내려주고 기차 시간에 맞춰 역으로 향하였습니다.

홍차 강의를 듣는 학생들은 모두 중년을 훌쩍 넘긴 나이에다가 차를 공부한 지 오랜 분들이 대부분이고 차를 강의하러 다니는 선생님들도 있답니다. 그런데도 새로운 차의 세계에 흠뻑 빠져 모두들 행복해합니다. 나는 홍차 문화사도 테이블 세팅도 재미있었지만, 특히 좋은 홍차를 정석대로 우려 마시는 걸 배우면서 향기에 놀라고, 차 맛에 감탄하였습니다. 산지별 다양한 홍차와 항상 일정한 차 맛이 나도록 블렌딩한 홍차, 가향 처리된 색다른 가향홍차들은 흥미롭기만 하였습니다. 평소에 우유를 마시면 소화를 못 해 장이 탈나곤 했는데, 홍차에 우유를 넣어 마시면 홍차의 성분으로 인하여 우유 소화도 잘된다는 것을 알게 되었습니다. 이름하여 밀크티이고요, 또 다른 방법으로 로열 밀크티를 만들 수도 있답니다.

홍차는 마시는 시간대 별로 아침, 오후, 저녁차로 불리지만, 홍차를 가장 마시기 좋은 시간은 오후입니다. 친한 지인들과 함께 손으로 집어 먹을 수 있는 달콤한 다식을 챙겨 수다를 떨면서 마시는 것은 애프터눈 티(Aftnoon tea)입니다. 딱 그 시간대인 오후 2시에 이론 수업을 시작하고 3시부터 실습 시간입니다. 도반들과 함께 차를 순서대로 양과 시간, 온도를 잘 맞추어 홍차를 우려 품평하는 시간을 가진 후 차를 마십니다. 홍차는 커피처럼 쉽게 접할 수 있고 서양에서 발달된 차 문화이기에 계량화가 잘 되어 있어 차를 우릴 때마다 한결같은 차 맛을 낼 수 있는 장점을 가지고 있습니다.

차가 중국에서 유럽으로 처음 건너갔을 때 녹차 위주였으나, 나중에 유럽인들이 홍차를 선호하게 되어 홍차 문화가 그들의 차 문화가 되었다고 합니다. 그리고 중국에서 차를 수입하던 유럽인들은 그들의 식민지였던 인도, 스리랑카에 홍차 다원을 개발하여 세계 3대 홍차 중 2가지를 생산하게 되었고 지금은 세계적으로 생산량이 가장 많은 홍차 산지가 되었습니다.

오늘은 우리와 같이 강의를 듣는 학생 중에서 대학원 석사과정 중에 있는 분이 홍차 테이블 세팅에 관한 강의를 하였습니다. 이미 홍차 테이블 세팅 경력이 10여 년이나 되었다고 합니다. 처음엔 약간 쑥스러워하면서 그냥 먼저 배운 선배라 생각해 달라더니 정말 열심히 강의를 하였습니다. 늦은 나이에 오랫동안 차생활을 하고 또 공부를 하여서 하고 싶은 일에 최선을 다하는 모습이 아름다웠습니다. 이런 행복 시간이 홍차를 배우러 오고 가는 동안에 나에게 주어졌으니, 홍차의 매력에 빠질 수밖에 없답니다.

이런저런 행복한 상념에 잠겨 있는 동안 기차는 나의 목적지 플랫폼에 머리를 들여놓고 있습니다. 나도 오후 내내 향기롭던 홍차의 여운을 온몸에 지닌 채 산골의 일상으로 돌아갑니다. 오후가 되면 남편에게 홍차를 우려 주며 '맛은 어떠냐, 향기는 어떠냐.'고 궁금해하면서, 적적한 산골 생활에 활력이 되는 차 생활을 오랫동안 즐길 것 같습니다.

# 차실을 꾸미다

며칠째 날씨가 흐리고 봄비도 오락가락하더니 낙동강 하구의 거실 창으로 마주 보이는 진우도가 흐릿하게 보입니다. 이런 날 다정한 차 벗을 불러 차 마시기 딱 좋은 날씨입니다. 길 하나 건너편에 사는 도반을 청하여 올봄 우전차를 개봉하는 개봉 다회를 조촐하게 즐기기로 마음먹었습니다. 공을 들여서 새로 꾸민 차실을 보여주고 싶기도 하고 코로나 거리 두기로 서로 조심하여 한참을 못 만나기도 했기 때문입니다.

실은 얼마 전에 우리 집 분위기를 차실 취향으로 확, 바꾸었습니다. 오랜 차 생활에서 꼭 한번은 제대로 해보고 싶었던 차실 꾸미기였습니다. 마침 문화원 강의를 받는 도반들의 더 깊은 차 문화 역량 강화를 원해서 나도 <(사)한국다도협회 강서고운지부>를 개설한 것도 이유가 되었습니다. 그동안 이런저런 인연으로 구입하여 작은방에 짐처럼 쌓아 두기만 했던 다도구들을 활용하였습니다. 거실은 입식으로, 안방은 좌식으로 꾸이고 서재는 차 도구

진열을 겸하기로 하였습니다. 남은 작은방은 침실로 하였습니다. 집 평수가 넓지는 않지만, 거실 창으로 진우도 너머 멀리 수평선이 바라보여 멋진 차실 풍광은 덤일 것입니다.

망설이기만 하던 나는 남편의 획기적인 제안에 염치없지만 안방을 전통 다도 차실로 만들었습니다. 작은방의 남편 서재를 해체해서 두 벽면에 차 도구를 진열하고 한 쪽 벽면에만 책장과 컴퓨터용 작은 책상을 두어 서재와 기물 진열을 겸하게 되었습니다. 글 쓰는 남편이 서재를 정리하는 모습에 미안함과 더불어 만감이 교차하였습니다. 언젠가는 나도 이 차 도구를 모두 정리할 때가 오리라는 걸 깨닫는 순간이기도 했습니다. 거실은 오랫동안 마음에 두었던 우드슬랩 테이블을 구입하여 입식 차실로 바꾸고 홍차나 보이차를 할 수 있는 카페 분위기로 만들었답니다.

전차 다실에 차 벗과 마주 앉아 오랜만의 정담을 나누면서 전기주전자에 물을 끓입니다. 전기주전자의 물은 요란한 소리와 증기를 내 뿜다가 조용해집니다. 이제 차를 우릴 물이 되었습니다. 고요한 차실 창밖으로 흐릿한 하늘 아래 진우도 풍광이 수평선과 어울려 수묵화를 펼쳐놓은 듯합니다. 천천히 우전차를 개봉하여 도반에게 건차를 구경시킨 후 차칙으로 다관에 차를 넣고 숙우에 식힌 물을 붓습니다. '또르르 졸졸-' 고요를 깨며 다관으로 물 들어가는 소리가 정겹습니다. 다관에서 우러난 차를 찻잔에 따르니 햇차의 향기가 먼저 코끝에서 마음을 설레게 합니다. 연둣빛 탕색에 그윽한 차향을 머금은 백자 찻잔은 하동 차밭의 정취를 이곳 차실까지 실어다 놓았습니다. 코로나로 거리 두기 일상에서 단둘이 마주 앉아 잠시 여유를 가져보는 시간입니다. 해마다 봄이면 우전차를 마시던 즐거움을 올해도 갖게 되어 우울한 코로나 속에서도 마음의 활력소가 되는 것 같습니다. 전차 다실에서 둘이서 차를 마시고 나름의 품평도 하고 세상 돌아가는 얘기도 하며 조용했던 차실에 도란도란 얘기꽃을 피웠답니다.

우전을 끝내고 입식 다실로 옮겨와 다시 물을 끓이고 보이차를 우립니다. 보이차를 다 마시고는 친구가 만들어온 찔레순 차를 마시며 들판 어딘가에 피어 있을 하얀 찔레꽃을 그려봅니다. 차를 가장 잘 보관하는 방법이 절친의 입속이라고 하셨던 다도 선생님의 말씀이 생각나 저절로 미소를 짓게 됩니다. 좌식과 입식 두 종류의 차실이 만들어져 분위기를 바꿔가며 차를 마실 수 있어 나름 멋진 다회가 되었답니다.

차 벗이 돌아간 다음 혼자 이런저런 생각에 잠깁니다. 오랜 세월 하나씩 구입한 차 도구이기에 저마다의 사연을 간직한 채 작은 방 책장에 첩첩이 쌓여 있다가 거실로 가지런히 나온 여러 다도구들이 나에게 말을 건넵니다. 남편의 책장 속 오래된 책들에게서 들었던 그런 얘기들입니다. 처음 차를 접하며 샀던 자사호(紫

沙壺), 세월의 흔적에 손때가 묻어 빤질빤질합니다. 하루 종일 이 자사호의 얘기를 할 수 있을 만한 연륜입니다.

남편은 내게 이런 시간을 가져보라고 공간을 몽땅 내어 준 모양입니다. 남편은 이미 많은 시간을 책들과 교감을 나누었다고 생각하는 모양입니다. 나도 마찬가지로 나의 노력으로 꾸며 놓은 차 도구들을 미련 없이 정리할 때가 올 것입니다. 애장하고 아낀 나의 차 도구들과 잘 어울리고 누리다가 흔쾌히 이별하고 싶습니다. 그런 순간을 위해 먼지를 닦고 손때를 묻혀 반질반질 윤이 나게 차 도구를 관리해야겠습니다.

차와 함께 하는 일상은 거리 두기의 답답함도 물리치는 여유로운 시간을 가져다줍니다. 이른바 요즘 유행하는 '소확행'의 선물입니다. 늦은 오후 남편과 함께 차 마실 준비를 합니다. 거실의 우드슬랩 테이블에 마주 앉아 보이차를 고르고 손안에 쏙 들어오는 자사호를 골라 다해 위에 올립니다. 전기주전자에 물을 붓고 물이 끓는 동안 창을 바라봅니다. 낙동강 일천삼백 리의 끝자락도 만조 시간인지 창밖에 보이는 풍광은 진우도 앞에 바닷물이 가득 밀려와 있습니다.

제4부

# 세월이 가면

# 이 뭐꼬

집 안 기물 배치를 다시 하면서 다도구를 보관하던 작은방을 정리하게 되었습니다. 이런저런 이유로 모아 둔 많은 도자기들을 보면서 물건 하나하나의 얽힌 이야기들을 추억하며 버리지 못하고 결국은 또다시 선반 위에 올리고 있는 나를 발견했습니다.

몇 해 전 진우도가 마주 보이는 서낙동강 끝자락 아파트로 이사 온 후 다실을 하나 만들면서 남편은 네 벽면을 가득 채운 책장을 정리한 적이 있습니다. 한 벽면에만 국문학 관련 전공 서적과 자기 출판 도서 한두 권씩만 꽂아 두었습니다. 여분의 책들은 과감하게 정리를 하네요. 특히 훗날 낙동강 문학관에 필요한 회원 도서나 행사 자료는 상자에 담아 눈에 보이는 곳에 분류를 하고 있었습니다. 그러다 최근에는 문학관 자료로 쓰기 위해 모아 둔 문집과 단체 자료들을 대부분 버리게 되어 창고도 여유가 생겼습니다. 사람이든 사물이든 인연을 중시하는 남편도 이제는 최소만 남겨두고 버리기로 작정을 했나 봅니다.

부질없는 인연을 깨달은 남편은 마음 정리로 홀가분해졌을지도 모르겠지만, 나는 도자기들의 쓸모를 나열하면서 또 의미를 부여해가며 하나도 없애지 못하고 챙기는 중이었습니다. 도자기를 처음 배울 때 만든 붓꽂이용 작은 항아리, 도자기 공방을 운영할 때 잘 만들어진 것들은 주인 찾아가고 굽은 소나무처럼 자리를 지키고 있는 정병, 한동안 들차회를 할 때 빠지지 않고 차 바구니에 넣어 다니던 오키나와 출산의 도자기 꽃병, 같이 여행 가서 도자기만 보면 눈을 빤짝인다며 놀리던 지인들의 장난을 뒤로 하고 그림이 마음에 들어 사 온 홍차 티포트들…. 행여 깨어질까 포장된 위에 옷가지로 싸고 또 싸서는 캐리어에 넣지 못하고 작은 가방에 직접 들고 알뜰살뜰 챙겨 지금 떡 하니 한자리 차지하고 있습니다. 쳐다보면 나에게 말을 건네는 다도구들을 정리하려고 내려놓았다가 다시 조금만 더 같이 지내보자고 이렇게 중얼거리며 둘 자리를 찾고 있었습니다.

그때 항아리에 함께 꽂아둔 부채들 속에 작게 접어둔 그림을 펼치는 순간, 나를 향한 한마디 호통처럼 그림의 화제가 눈에 쏙 들어왔습니다.

'이 뭐꼬'

통도사 서운암 성파스님 기림돌 제막 행사에 추진위원장인 남편을 따라갔을 때 만난 어느 스님의 그림입니다. 절집 주차장에는 관광객과 행사 참여객으로 붐비고 있었습니다. 가을 날씨는 청명하고 바람도 적당히 불어 행사를 하기 안성맞춤이었답니다. 나는 행사단체의 소속 회원이 아니어서 행사만 참여 후 혼자 서운암 이곳저곳을 다니며 일반 관광객들 사이에서 기념품 파는 곳을 기웃거리고 있을 때 스님 한 분이 다가와서 작게 접은 한지 조각을 나에게 내밀었습니다. 얼떨결에 받아 펼친 한지에는 그 스님이 직접 그렸다는 그림이 있었습니다. 다 생략하고 지극히 부분만 그려 부릅뜬 두 눈과 손에 든 지팡이가 남아 있고 그 위에 큼직하게 '이 뭐꼬'라는 화제가 씌어 있었습니다. 나는 몹시 당황하였지만, 스님의 의중을 잠시 후에 알게 되었답니다. 불교 신자는 아니었지만, 지갑에서 그 스님께 작은 성의를 드리고 집으로 가져와 다시 접어 부채를 꽂아두는 항아리에 넣어두고는 잊고 있었습니다.

하던 정리를 잠시 멈추고 그림을 꺼내어 벽에다 붙이고 나를 돌아보는 시간을 가집니다. 스님의 그림 속 화제처럼 선반 위에 놓인 다양한 도자기들을 쳐다보며 나 자신에게 '이 뭐꼬'하고 중얼거려 봅니다.

오래전 도자기 공방을 운영할 때 열심히 만들고 아끼던 도자기들, 잘 만들고 싶어 공부할 겸 사 온 도예 작가의 도예작품들, 다도 공부를 하면서 산 다양한 차를 위한 다도구들, 다도 수업에 필요해서 산 도자기와 도구들, 무게감이 나를 누릅니다.

3년 전부터 시작한 강서문화원 다도 수업 때문에 아직은 더 지녀야 한다고 나름 이유를 대고 있지만, 이 모든 도자기와 다구들이 모두 필요하지 않다는 걸 압니다. 다 정리하면 홀가분할까. 십여 년 전 남편과 성파스님의 대화 중에 "사람이 죽으면 그가 지닌 물건도 같이 죽습니다."고 하시던 말씀이 생각납니다. 언제쯤에는 필요한 누군가에게 나누고 정리해야만 될 때가 오겠지만 아직은 더 지녀야 할 변명거릴 찾으며 그림의 화제를 명심해봅니다. 더는 보태지 않고 떠나보내야 할 때가 내게도 다가오고 있음을 알지만 모른 척하며 지내고 있었습니다.

진우도를 너머 사라지는 서낙동강 하류의 긴 물길을 바라보며 남편과 찻상에 마주 앉아 오래 묵힌 보이차를 꺼내 우려 함께 마시면서 정리에 관한 다담을 나눕니다. 물건은 무생물이지만 자신이 생존해 있을 때 원하는 사람에게 가야 빛이 날 거라고. 필요하여 원하는 사람에게 나누고 기증도 하고 잘 떠나보내야겠다고 의견을 주고받습니다.

작은 보이 찻잔을 감싸 쥐고 가만히 온기를 느껴봅니다. 강물 같은 긴 인생살이에 '이 뭐꼬'의 깊은 화두는 알 수 없지만 이 작은 찻잔과도 잘 이별할 수 있기를 기대하면서 잔과 나의 작은 인연을 생각해 봅니다.

# 흐르는 강물처럼

강을 바라보며 치열하게 살아 온 모든 삶이 천천히, 폭 넓은 강처럼, 그 강에 흐르는 강물처럼 자연스럽게 흘러가길 바란 적이 있었습니다. 거실 창으로 내려다보이는 낙동강 하구는 이제 제 여정을 끝내고 바다로 가는 강의 숱한 물줄기들이 날마다 마지막 관문 앞에서 맴돌고 있습니다. 이제 곧 황지에서 발원하여 일천삼백 리를 달려온 낙동강은 제 고단함을 내려놓고 바닷물에 섞이어 자신을 버리게 될 것입니다.

봄은 다시 돌아와, 낙동강 하구 강둑길 30리 벚꽃 길에 어느 해보다 일찍 벚꽃이 만개하였습니다. 아직은 꽃샘추위가 남아 있어 아침저녁으로 제법 쌀쌀하지만, 봄은 고양이처럼 곁에 슬쩍 다가와 있습니다. 차창 밖으로 감탄하며 바라보던 나는 지나간 옛 기억 속 꽃그늘을 같이 거닐던 그녀, 이제는 우리 곁을 떠난 도반의 생각에 잠겨 있었습니다.

내 마음속 그녀는 야윈 얼굴에 항상 잘 웃는 다정한 사람이었습니다. 얼마나 활짝 웃음을 잘 웃었던지, 그녀의 얼굴을 떠올리면 그냥 미소가 지어지는 그런 사람이었답니다.

그날은 낙동강 강둑 벚꽃길 30리에 벚꽃 축제가 펼쳐진 날이었습니다. 그녀가 빛깔 고운 생사(生絲) 한복을 차려입고 공연 데크 행사장의 무대 위에서 시 낭송하던 모습은 바람에 벚꽃잎이 날리는 하늘하늘한 모습이었습니다. 그 무렵 그녀는 시작(詩作) 공부도 하여 시인으로 등단도 해 시인이면서 낭송가의 모습으로 변모하고 있었습니다.

그녀와 나를 이어준 또 다른 인연은 다도 모임이었습니다. 오랫동안 차 생활을 하고 있던 중, 모임을 결성하게 되었는데 도반으로 같이 활동하게 되었습니다. 나에게서 차를 배우며 그녀와 관계가 더 돈독해졌습니다. 덕분에 상세히 몰랐던 그녀의 건강 상태와 거기에 대처하는 마음가짐을 자연스럽게 알게 되었답니다.

여러 해 전 뇌경색으로 쓰러져 젊은 나이에 7년을 병 치료와 재활로 세월을 보냈다고 했습니다. 재활치료 과정에서 어눌한 말투를 교정하기 위해 시 낭송을 배우기 시작하였답니다. 처음에는 그녀의 밝은 모습에 병마와 오랜 세월을 버틴 흔적을 볼 수 없었습니다. 그런 절실함과 노력이 더해져 낭랑하고 따뜻한 음색으로 시를 낭송해 우리에게 잔잔한 감동을 주었나 봅니다. 정기적으로 병원에 가는 것과 어렸던 두 딸이 자신을 병간호하던 얘기도 들려주었습니다. 자신의 신체적인 어려움을 극복하고 오히려 건강했을 때보다 더 나은 모습이 되어가고 있는 듯하였습니다. 그런 자신을 수필 〈또 다른 생일〉에서 이렇게 말했습니다.

이 악문 노력으로 어눌하게나마 말을 할 수 있게 되었을 때, 나는 '내 삶을 살아야겠다.' 결심했다. 내 어눌한 발음을 정면으로 마주할 시 낭송, 나는 그것을 택했다.

오늘의 대회는 나를 극복하기 위해 노력한 4년의 시간을 심사받는 날, 나는 그 심사에서 쟁쟁한 사람들과 경쟁하여 금상을 받았고 그로 인해 내 깜깜한 절망 속에서 내 자신을 찾아냈다.

나는 더 이상 병마를 잘 극복한 시 낭송반 수강생이 아니다.

나는 한 명의 시 낭송가 되었다.

그녀는 늘 입버릇처럼 말했습니다. 탁자 위에 종이를 떨어뜨릴 때 글씨 있는 쪽이 보이면 삶, 백지가 드러나면 죽음이라면서, 자신의 생명은 바람이 훅 불면 언제 쓰러질지도 모른다던 그 말…. 그녀의 모든 활동이 기적처럼 느껴졌습니다. 오늘을 열심히 살고 내일은 미리 걱정하지 않는다고 했던 그 말을 다 공감할 수 없었지만, 그녀의 응급출동 병원행을 이따금 접하면서 시한폭탄을 안고 살고 있다는 그녀를 어느 정도 이해할 수 있었습니다. 완전히 치료되지 않아 늘 조심히 살고 또 열심히 산다는 그녀를 보며 나도 한 번씩 삶을 돌아보는 자각이 생기기도 하였답니다.

몹시 무더운 날이 지속되고 있던 어느 날, 한 달에 한 번씩 하는 모임에 그녀가 보이질 않아 안부를 물었더니, 며칠 전 쓰러져 중환자실에 입원해 있다는 소식을 딸에게서 들었습니다. 며칠 뒤 그녀의 딸과 의논해 면회를 갔습니다. 환한 불빛이 켜진 중환자실에 흰 침대보를 덮고 누워 있던 그녀를 우리는 모두 알아보지 못했습니다. 침대에 붙어 있는 그녀의 이름을 보고 알았고 찬찬히 보니 수술을 위해 바짝 깎은 머리와 부은 얼굴에서 희미한 그녀의 이전 모습이 보였습니다. 병마와 싸우고 있는 힘든 그녀의 고통이 고스란히 전해져 가슴이 먹먹했습니다. 사람을 알아보지도 못하는 그녀의 귀에 힘내고 나아서 다시 보자고 나지막이 응원하던 우리 모두는 소리 없이 눈물을 흘렸습니다.

병마와 이겨 씩씩하던 그녀 모습이 겹쳐 보이면서도 어쩌면 다시 일어나 예전의 삶으로 이어지지 않을 것 같은 예감을 했던 것일까요. 병실을 나와, 밖에서 엄마의 병문안을 와 준 우리를 오히려 위로하던 눈에 눈물이 그렁그렁하던 두 딸을 보며 그래도 다시 훌훌 털고 일어나길 빌었답니다.

그러나 병마 극복 시간은 우리 편이 아니었습니다. 제법 시일이

지났건만 차도가 별로 없다는 소식을 들었습니다. 두 번째 병문안을 가던 날, 다도 수업을 위해 내게 맡겨 놓았던 그녀의 다도구를 챙겼습니다. 딸에게 엄마가 아끼던 다도구를 전해주며 그래도 용기를 잃지 말라고 당부를 했습니다. 엄마의 병을 한번 겪어본 경험이 있어서인지 일어날 거라는 희망을 가지고 있었습니다. 그러나 안타깝게도 모두의 바람과 달리 그녀의 삶은 다시 이어지지 않았습니다. 그때가 그녀를 본 마지막이었습니다.

낙동강 새로운 물길들은 여전히 하구의 마지막 관문 앞에서 맴돌고, 다시 봄은 오고 벚꽃도 활짝 피었습니다. [강서문학]에 실려 있는 그녀의 시 〈오월 하루〉 마지막 구절들을 다시 살펴봅니다.

삶 속에 시커먼 세월
숯덩이 하얗게 불살라
오월의 싱그러움 속으로 날려 보낸다

꽃도 아름답고
향기도 상큼하다

꽃같이 아름답고 향기도 상큼하던 그녀의 이름은 임미경!
오늘도 강둑 너머 낙동강은 윤슬로 반짝이며 흘러 바다로 가는 걸 멈추지 않고 있습니다. '오늘을 열심히 살고 내일을 걱정하지 않는다.'라던 그녀의 말이 요즈음 부쩍 생각납니다. 우리 모두가 가야 할 길이지만 언제 어떤 모습일지 생각하면 두렵습니다. 자신의 현재 모습에 낙심하지 않고 최선을 다해 살고 싶다던, 모시나비 날개 같던 그녀가 더욱 그리워지는 오늘입니다.

# 인연의 꽃

'누가 뭐래도 사람이 꽃보다 아름다워-'

정말 그런가요?

꽃이 핀 아침입니다. 남쪽으로 향한 거실 창으로 아침 햇살이 그득합니다. 어제 다저녁 무렵 가덕도 연대봉 위로 스러진 햇살이 다시 떠오른 것입니다. 당연한 인연의 자연 섭리입니다. 오늘 아침 거실에는 오 년 전 내 실수로 폭삭 얼어 죽게 했던 호접란 하얀 꽃도 다시 피어났습니다. 내 노력으로 다시 맺은 인연입니다.

한 달 전 새해 벽두에 포도송이처럼 아홉 꽃봉오리를 매달았던 호접란입니다. 그중 하나가 드디어 나비의 날개 꽃잎을 펼쳤습니다. 창밖으로 보이는 진우도 앞바다는 햇살을 받아 윤슬로 반짝이고 하얀 호접란꽃은 봄맞이하러 날아갈 채비를 마쳤습니다. 마침 입춘도 지났습니다.

이 꽃 화분은 여러 해 전 남편의 출판기념회에서 지인이 선물로 준 것입니다. 그때는 아주 튼실한 잎과 꽃대에 조롱조롱 나비 같은 흰 꽃을 빼곡히 매달고 있었습니다. 창가 가장 좋은 자리에 두고 꽃이 질 때까지 바라보며 오랜 시간을 감상했습니다.

호접란은 식물 관리를 잘 못하는 나도 쉽게 돌볼 수 있어서 일 년 후 다시 꽃송이를 매달았습니다. 꽃송이 하나가 막 피어났을 때 보름 동안 충청도 산골 집으로 가게 되어, 홀로 피었다 질 꽃 생각에 반려 식물이라 명하고 같이 차에 실어 동행하였습니다.

산골 집은 겨울 날씨가 많이 추워 밤이면 창가를 피해 따뜻한 서재로 옮기고 꽃대의 꽃송이가 다 필 때까지 액체 거름도 꽂아 놓았습니다. 다시 부산으로 돌아오는 길에 일박 일정으로 문경의 지인 모임에 참석하게 되었습니다. 역시 반려 식물을 차 트렁크에 싣고 목적지로 갔습니다. 그런데 반가운 사람들과 인사를 하느라 데리고 내려야 할 화분을 깜박하고 잊었고, 저녁에 몸살 기운까지 겹쳐 약을 먹고 일찍 잠이 들었습니다.

아침에 눈을 뜨고 낯선 방을 두리번거리다 그제야 호접란을 차에 두고 온 생각에 깜짝 놀랐습니다. 이른 아침 마당 공기는 매우 차가웠습니다. 수돗가 물이 담긴 대야는 꽁꽁 얼어 있었습니다. 문경의 2월의 날씨는 산속이라 한겨울이 그대로인 것 같았습니다. 너무 놀라 댓돌을 헛짚으며 차를 주차해 둔 곳으로 얼른 뛰어갔습니다. 차 트렁크를 연 순간 눈에 들어온 호접란의 모습! 꽃송이는 데쳐놓은 시금치나물처럼 숨이 다 죽었고 잎은 꽁꽁 얼어서

빳빳해 있었습니다.

자책을 해 보지만 이미 얼어 버린 꽃. 소용이 없었습니다. 그날 오후 집으로 돌아오는 내내 반려 식물이라며 이곳저곳을 옮긴 후회를 하였습니다. 남편은 그런 내가 딱했던지 혹시 안쪽에 작은 잎은 뿌리가 얼지 않았으면 살아날지도 모른다며 위로의 말을 건넸습니다. 평소에는 식물을 잘 관리 못하며 사거나 얻어 와서 죽인다고 잔소리를 하는 남편입니다.

남편 말에 힘을 얻어 생기가 얼비치는 잎 반 토막을 제외하고는 얼어 버린 잎은 과감히 다 잘라내고 시든 꽃대도 싹둑 잘랐습니다. 며칠 지나자, 남아 있던 반토막 잎도 흑갈색으로 변해 떨어졌습니다. 뿌리는 속내를 알 수가 없었습니다. 이끼를 덮어서 많은 날들을 조바심으로 지켜보았습니다. 뿌리도 차츰 말라서 비틀어지기 시작했습니다만 그래도 두어 줄기는 생기가 남은 것 같았습니다. 달포가 지나 봄기운이 온 누리에 번질 무렵, 따뜻한 창가 햇볕을 받아 기운을 차렸는지, 나의 마음을 헤아렸는지 뿌리의 위쪽에 짙은 초록의 잎망울이 볼록하게 고개를 내미는 것이었습니다. 드디어 살아난다고 환호성을 질렀습니다.

작은 잎은 정신을 차려 조금씩 자라기 시작하였습니다. 화원에 가면 지천으로 놓인 것이 호접란이지만 내 손으로 이렇게 앙증스런 잎을 키워내다니…. 생명 소생의 기쁨을 짙게 맛보는 흥분된 감동이었습니다.

무소유를 실천하신 법정 스님은 집착의 인연에서 벗어나기 위해 아끼시던 난초를 지인에게 보냈다고 합니다. 나는 아직 그 경지에 이르지 못해 아등바등 살아가고 있는 모양입니다. 더구나 지난 몇 달 동안 오래 맺은 사람과의 흐트러진 인연으로 끊지도 맺지도 못하면서 마음고생을 많이 하였습니다.

인연이란 참 묘합니다. 헤어질 수도 있고 다시 만날 수도 있습니다. 가수 안치환은 '사람이 꽃보다 아름답다'라고 노래를 했습니다만, 사람과의 인연을 맺고 가꾸는 것은 참으로 어려운 것이 인생살이입니다. 꽃은 내 노력으로 죽어가던 상황에서도 소생이 되지만, 사람의 인연은 꽃보다 회복하기 어려운 것 같습니다.

넘실넘실 출렁출렁 낙동강 물길은 변함없이 저리도 푸르른데, '강물 같은 노래를 품고 사는 사람들은 알게 된다'는 노랫말을 믿고 싶은 봄입니다.

# 코로나 팬데믹 시대의 산골 집

처마 끝에 매달아 둔 풍경소리가 적막한 산골의 고요를 깨는 게으른 아침입니다. 눈이 하얗게 쌓인 산골짜기를 오랫동안 멍하게 바라보며 앉았습니다. 건너편 낡은 슬레이트 지붕, 천식으로 고생하던 아저씨가 떠난 빈집의 어수선한 모습도 희고 고운 빛깔로 파묻혔습니다. 가끔 작은 산새들이 파드득 날아올라 앙상한 사과나무 잔가지의 눈을 털고, 한 줄기 바람은 산등성이 소나무에 덮인 눈을 공중으로 흩날려 보냅니다. 저 아이들은 눈이 내리면 무얼 어떻게 찾아 먹을까요.

코로나 팬데믹은 일상에서도 우리 모두를 예전에 겪어보지 못한, 늘 마스크를 착용해야 하고 사람들끼리는 거리 두기의 자가 방역을 하게 했습니다. 우리 내외도 많은 시간을 산골 집으로 스스로를 격리시켰습니다. 그렇게 보낸 일 년을 되돌아봐도 너무나 낯선 일상이라 실감이 나지 않습니다. 백일몽 속에 지나온 것 같구요. 어쩌면 달팽이 집 생활에 벌써 길들여지고 있는지도 모르겠습니다. 정신을 가다듬어 보면 아쉽고도 두렵습니다.

비대면의 삶이라니! 몸이 멀어지면 마음도 멀어지는 법. 아이들과 거리를 좁혀 자주 만나기 위해 서울 가까운 곳에 마련한 산골집입니다. 주말이나 휴가, 명절이면 쉽게 올 수 있는 거리입니다. 아이들도 장년이 되어 바쁜 나날이지만, 지난 몇 년 동안은 이곳을 중간 기착지로 하여 그런대로 종종 얼굴을 볼 수 있었습니다. 그러던 것이 가족 모임에 서로를 걱정하게 되자 산골 집도 덩달아 더 고요해졌습니다.

우리 내외는 현관만 나서면 마스크를 해야 하는 도시 아파트 생활에서 잠시 떠나 이곳에 있을 수 있어 다행이지만, 한창 뛰놀아야 하는 손주들과 이를 좁은 공간에서 진종일 감당해야 하는 며느리도 생각하면 안타까웠습니다. 나이가 연로하고 기저질환이 있으면 감염되었을 때 합병증으로 더욱 힘들어질 수 있다고, 아이들은 혹시나 하는 마음에 자주 오지 못했습니다. 우리는 집에 오고 가는 중에 아이들이 감염이라도 될까 오지 말라고 했답니다. 그래도 조심조심하며 산골 집에서 가끔씩은 모여 숨통을 틔웠습니다. 여느 때 같으면 이곳에 와서도 주로 실내에서 놀던 손녀는 오랜만에 만나는 자연 속이라 그런지 마당에서 뛰어놉니다.

우리 가족 중 코로나19로 가장 많은 피해를 본 사람은 둘째 아들의 막내입니다. 초등학교 입학식을 기다리며 새로 산 옷을 옷걸이에 걸어놓고 학수고대했건만 결국 입학식을 하지 못했답니다. 대신 학부모들이 잠깐 학교를 방문해 교과서를 받아 왔다고 했습니다. 그리하고도 한참 지나 온라인으로 담임선생님을 만나게 되었습니다. 유치원을 졸업하고 좀 더 큰 세상으로 나아가는 길목에서 코로나19라는 겪어보지 못한 유행병을 만나 실감나지 않는 초등학생이 된 지도 1년이 지나 새봄이 오고 있습니다.

손주들이 온라인 수업과 일주일에 몇 번씩 코로나 유행 사항에 따라 출석 수업을 병행하던 중, 큰아들의 막내딸이 오랜만에 출석 수업에 참석했는데 공교롭게도 자기 반에서 확진자가 나왔답니다. 손녀도 밀접 접촉자가 되어 자가격리를 2주간 하게 되었고요. 당사자인 본인은 물론 가족 모두 혹시나 하며 마음 졸이면서 2주를 보내게 되었답니다. 좁은 아파트에서 막내딸은 자기 방에 격리 생활을 하고, 큰손녀도 학교 출석 수업을 못하게 되어 기말시험을 못 보게 되었습니다. 큰아들은 재택근무 중이랍니다. 매일 확진자 소식을 접하면서도 멀리 있는 우리 내외는 안타까움과 걱정하는 마음을 표현할 뿐 도움을 줄 방법이 없었습니다. 그저 무사히 어려운 시기에 어린 손녀가 잘 이겨내고 바이러스에 감염되지 않기를 빌고 있었습니다. 다행히도 무사히 2주 동안의 자가격리를 잘하고 검사 결과가 음성으로 나왔다고 하였습니다.

작년 연말부터는 5인 이상 집합 금지로 가족 모임조차 할 수 없게 되었습니다. 아들들이랑 거리를 좁혀 보고자 중간 기착지로 산골 집을 마련했는데 이번 연말은 각자 보내게 되었습니다. 그동안 손주들이 자라고 학생이 되면서 점차 만남의 횟수가 줄기는 했답니다. 거리가 좁혀지고 난 뒤 마음만 먹으면 쉽게 서로 왕래할 수 있으니 그것만으로도 위안이 되었습니다. 가끔 아이들이 연락도 없이 불쑥 나타날 때 반가움이 배가 되기도 했습니다. 하지만 이런 소소한 일상도 코로나가 바꾸어 놓았습니다.

우리 내외는 꼭 필요한 이동 외에는 집에 있어도, 아들과 며느리는 우리가 혹시 코로나에 감염될까 걱정이고 우리는 직장을 다니는 아들과 여러 일상을 하는 손주들을 걱정하며 서로의 안부를 챙기며 지낼 수밖에 없게 되었습니다. 그래서 가끔은 영상통화를 하여 서로의 안부를 전하기도 했답니다.

지난 연말은 5인 이상 집합 금지로 가족 모임조차 할 수 없게 되었습니다. 서로 얼굴을 보며 소통하고 싶었던 남편은 작은며느리와 전화로 주고받더니, 뜻밖에도 텔레비전의 공연처럼 가족 열명을 동시에 소통할 수 있는 방법을 찾게 되었습니다. 답답한 속에 찾아 든 반가운 돌파구였답니다.

컴퓨터 ZOOM 화상회의로 마주 앉았습니다. 오랜만에 모두 한자리에 모여 얼굴을 보며 안부를 나눌 수 있었습니다. 자가격리로 고생한 둘째 손녀를 화면으로 보는 순간 짠하고 대견해 울컥하였습니다. 수고한 큰 며느리에게도 고마움과 위로를 전했습니다. 아직은 어색한 랜선의 만남이지만 손을 흔들며 반가움을 전하는 손주들을 보며 그동안 못 만났던 아쉬움을 달랠 수 있었습니다.

곧 설 연휴가 다가오지만, 거리 두기 단계로 5인 이상 집합 금지가 지속되면 아이들이 명절에도 집에 오지 못할 것입니다. 우리는 이번에도 컴퓨터 화면에서 랜선으로 모여 명절을 지내려고 생각 중입니다. 몸은 멀리 있지만 서로 소통할 공간이 있다는 것에 감사합니다. 밥을 같이 먹는 일, 서로 부대끼며 정을 돈독히 하는 일들은 지금은 살짝 밀쳐 두어야겠습니다. 건강히 잘 지내는 것이 아이들에게 부담이 되지 않는 생활입니다. 어쩌면 평소에 당연히 떨어져 생활하면서도 만남에 대한 절실함을 못 느꼈는데, 코로나 팬데믹으로 말미암아 그 소중함을 더욱 깨닫게 되었는지도 모르겠습니다. 끝이 언제일지 모르지만, 모두의 바람처럼 평범한 일상으로 돌아가게 되면 그런 평범한 일상을 감사하며 살게 될 것 같습니다.

# 결혼기념일에 소나무를 심다

기다리노라면 더디 온다더니, 지난 겨울이 어느 해보다 크게 춥지 않고 지나가서 그런지 올봄은 더 늦게 오는 것 같습니다. 그래도 달력을 이기는 계절은 없는 모양입니다. 남쪽 소식은 봄이 한창인데도 내가 사는 산골의 초봄은 겨울이 끝나지 않을 것처럼 굴더니, 매화 꽃봉오리가 연분홍빛을 띠자마자 팝콘처럼 팡! 하고 꽃망울을 터뜨립니다.

우리 마당은 꽃밭과 채소밭, 과수나무 심은 밭, 잔디밭 이렇게 구역정리가 확실합니다. 식물밀도가 촘촘한 마당에 어디서 낯선 나무나 꽃을 보면 식물 욕심이 발동하여 초봄부터 안달입니다. 봄을 성급히 기다리다 꽃집에서 하우스에 키운 꽃모종을 사다 심어 밤새 꽃이 냉해를 입어 실패한 적이 한두 번이 아닙니다. 올봄도 연중행사처럼 겨울을 막 지나 휑한 꽃밭에 팬지며 데이지를 사다 심고는 밤에 냉해 입을까 사서 걱정을 하는 것입니다. 가끔은 남편에게서 한 소리를 듣게 되는 상황도 감수하면서 말입니다.

그래도 올봄에는 어떻게든 남편을 설득해서 심고 싶은 나무가 있었습니다. 거실 쪽 데크 앞에 있는 남천을 뽑아 옮기고 그 자리에 상록수를 심고 싶었습니다. 남천도 내가 좋아하는 나무이긴 하나 이곳의 기온에 잘 맞지 않은지 겨울에 보온을 해주어도 잎이 말라 앙상한 가지만 남기기 일쑤였습니다. 남천은 꽃도 빨간 열매도 심은 후 한 번도 보지 못했습니다. 남천에게는 미안하지만, 집의 정면에 그를 더 이상 둘 수는 없었습니다. 겨울에도 잎이 있고 덜 삭막해 보이는 나무를 심기로 마음을 먹었습니다. 소나무를 생각하고 있지만 근처에 반송이 두 그루나 있어 차마 말을 꺼내지 못하고 다른 상록수라도 좋다고 마음을 먹었습니다.

3월은 결혼기념일이 있는 달입니다. 자상한 남편은 특별한 날을 잊지 않고 잘 챙깁니다. 첫 기념일에는 부산 원예고등학교의 행사에 놀러 가 아주 작은 일년생 묘목 매화나무와 느티나무 두 그루를 샀습니다. 이 나무들은 셋집과 우리 단독주택, 그리고 아파트를 거치며 작은 화분에서 큰 화분으로 옮겨가며 40여 년을 애지중지 키우고 있습니다. 몇 년 전부터는 너무 굵어져서 산장의 마당에 옮겨 심었습니다. 분홍매화는 긴 연륜을 칭칭 두른 고목의 모습을 드러내 데크 아래서 해마다 아름다운 꽃을 피우고, 느티나무는 너른 마당 한가운데서 넉넉한 그늘을 드리울 만큼 정자나무의 풍모로 자랐습니다.

첫해 이후로는 남편은 기념일이 되면 퇴근하면서 꽃다발을 사 왔습니다. 남자가 꽃집에서 꽃다발을 사는 것이 좀 어색해서 굳이 주인에게 결혼기념일이라고 이실직고를 하면 많이들 놀란다네요. 그러면서 이 시대 특히 경상도 남자 중 꽃 사 들고 다니는 ×친 놈은 드물 거라고 하며 본인 스스로도 가관이라고 인정을 합니다. 남편은 결혼은 두 사람이 동시에 했는데 왜 남자만 챙겨야 하는지 그게 참 합리적이지 못하다고 불평을 했습니다. 그러면서도 어떤 날은 한 아름 꽃을, 또 어떤 때는 한 송이 꽃을 사 들고 왔습니다. 가끔은 값이 좀 나가는 속옷을 사 오기도 하고요. 한번은 동네 약국에 가서 뭘 좀 받아 오라고 하기에 영문도 모르고 갔더니 약사가 화장품을 고르라고 했습니다. 화장품을 함께 파는 곳이었거든요. 알고 보니 남편이 찾아와 여자들 화장품은 잘 모른다고 돈을 미리 넉넉히 주면서 절대 남은 돈은 반환하지 말라고 했다더군요. 그러나 그 꽃다발도 선물도 퇴직 후부터는 여행을 핑계로 바꿔더니 요즘은 언제 그랬냐는 듯 기념일 선물은 잊어버린 것 같습니다.

그래서 이번에는 보름 전부터 달력에 기념일 동그라미를 크게 그려 두었습니다. 기념일이 일주일 남았을 때 내가 먼저 받고 싶은 선물이 없냐고 물었습니다. 미적거리기에 잽싸게 내가 받고 싶은 선물에 대한 얘기를 꺼냈답니다. 이렇게 어렵게 말을 꺼내는 것은 그동안 내가 나무를 잘 몰라 욕심만 앞세웠던 것도 있고, 남편 생각은 집 전면에 앞으로 크게 자랄 나무는 해가 된다는 이유도 있습니다.

하지만 나는 지금 우리가 새로운 나무를 심는다면 집을 해칠 만큼 자라도록 이 집에 살고 있을까 하는 생각이 들었습니다. 저번 집을 생각해 보면 정자 옆 좋아했던 느티나무를 새 주인은 취향이 아니었던지 이사 온 지 일주일 만에 베어 버려 사라지고 없었던 기억이 있습니다. 이 집에 사는 동안 마음에 드는 나무를 심고 흐뭇하게 바라보고 싶다고 말했습니다. 나무의 미래를 생각해 보면 다소 이기적일지도 모르겠지만 말입니다. 내 굳은 의지를 눈치채고는 이번에는 여러 가지 여건상 더는 반대를 안 하고 남편은 내게 나무를 결혼기념일 선물로 주기로 언약을 하였습니다. 남편은 잎이 무성하지 않고 쉽게 자라지도 않으면서 품위가 있어 보이는 소나무를 심자고 했습니다.

그날은 구름이 낀 날에 봄바람이 제법 세게 불었습니다. 그래도 나무를 사러 가는 중이라 농원으로 가는 내내 설레었습니다. 넓은 농장을 한 바퀴 돌면서 보니 온갖 크기, 온갖 모양의 소나무들이 빼곡했습니다. 소심한 내가 사장님에게 무릎 높이의 아담하고 자그마한 나무를 가리켰더니 남편은 거들떠보지도 않고 스쳐 가버립니다. 너무 뜻밖이라 당황하고 있는데 남편은 나와 사장님을 부르더니 내 키만큼이나 큰, 멋진 참솔 두 그루를 가리키며 나보고 선택하라고 했습니다. 언뜻 보기에도 값이 나갈 것 같아 사장님 얼굴 표정을 살피며 망설이고 섰으니까, 데크 앞에는 이 정도 품격이 되어야 풍광이 어울린다고 하네요. 의외의 선물에 흥분된 마음으로 차 트렁크에 싣고 반쯤 연 뚜껑을 묶어서 끈을 매달고 출렁거리는 소나무 다칠세라, 뒤 차 방해될까 노심초사하며 집으로 왔습니다.

어느새 구름도 걷히고 바람도 잠잠해져 나무 심기에 딱 좋은 오후가 되었습니다. 남천을 꽃밭 어귀로 옮겨 심고 새로 온 소나무를 심었습니다. 말은 내가 꺼내고 일을 남편이 항상 많이 하지만, 이번엔 선물이니까 조금 덜 미안해하기로 마음먹었습니다. 남편은 나무가 흔들리지 않게 든든히 받칠 지주도 세워 주었습니다. 튼실하게 뿌리 내리길 바라며 물도 듬뿍 주었습니다.

덕분에 관심을 가져야 할 식구가 또 늘었습니다. 이른 봄 화사하게 피는 분홍매화, 우람한 느티나무, 사철 푸르를 소나무를 바라보면 집 전면의 인상이 잘 정돈된 것 같아 흐뭇합니다. 잘 자라 함께 할 여러 계절을 그려봅니다.

# 망자의 날

충청도 산골 집에는 세 평 크기의 이층 방이 있습니다. 설계를 의뢰할 당시에는 지붕 아래 빈 공간을 이용해 높이는 낮아도 가능한 넓게 만들어 달라고 했는데, 뜻대로 되지 않아 높이는 적당하나 넓이는 협소한 공간이 되었습니다. 나는 다락방이라고 하지만 남편은 굳이 2층이라 부릅니다. 집의 설계도에는 엄연히 2층으로 되어 있기 때문입니다. 평소에는 초등학생 손녀 둘이랑 유치원생 손자의 소꿉놀이 공간으로 활용되고 있었습니다. 방문에다 무슨 '연구실', '출입 금지' 등을 써서 붙이고는 까르르 웃음소리를 집 안 가득히 울리면서 즐겁게들 놉니다. 그것도 잠깐 금방 싫증을 내고 아래로 내려온 뒤 숨바꼭질하느라 다시 다락방으로 숨어들긴 하지만 말입니다. 손주들이 오지 않을 때는 그들을 위한 공간으로 장난감들이 한 소쿠리 놓여 있습니다.

산골 집에는 텔레비전이 없어 손주들이 저녁이 되면 심심하다 해서 만화 영화라도 보여주기 위해 작은 다락방에 빔프로젝터를 설치하였습니다. 창문에 화면이 될 블라인드를 설치하니 다행히 덩치가 작은 애들이라 옹기종기 모여 앉아 만화 영화를 볼 수 있는 공간이 되었습니다. 가끔은 어른도 함께 좁은 공간을 더 좁게 만들며 벽에 붙어서 같이 만화 영화를 보기도 하였습니다. '겨울왕국', '하울의 움직이는 성', '코코' 등을 같이 보며 감동의 시간을 보냈답니다. 특히 '코코'를 보고 어른도 아이들도 눈물이 흐르는 것을 닦느라 휴지가 필요했습니다. 아이들 몰래 눈물을 훔치느라 다락방에 조명이 켜지기 전에 목이 마르다는 핑계를 대고 주방에 내려와서 휴지를 가져다주기도 했답니다.

'코코'는 멕시코 망자의 날을 모티브로 한 애니메이션 영화입니다. 멕시코에는 매년 11월 초에 '망자의 날'이라는 민속축제를 벌입니다. 이날은 죽은 영혼이 이승으로 돌아와 1년 가운데 단 한 번, 11월 초에만 집에 머물 수 있다고 생각했답니다. 다만 이승에서도 가족이나 친구 중에서 단 한 사람이라도 망자를 기억하는 사람이 있을 경우랍니다. 기독교의 만성절과 결합하여 '망자의 날'로 이어지게 되었답니다. 만약에 이승에서 망자를 기억하는 사람이 없으면 그 망자는 저승에서도 먼지가 되어 사라져 버린다고 합니다.

이날을 모티브로 한 '코코'라는 애니메이션 영화가 있습니다. 영화 코코는 한 소년이 이승과 저승을 오가는 이야기입니다. 전설

적인 가수 델라크루즈의 영감을 얻어 뮤지션을 꿈꾸던 소년 미구엘은 델라크루즈의 묘소에서 그의 기타를 통해 죽은 자의 세상으로 들어가게 됩니다. 그런데 단 하루 만에 귀환하지 못하면 해골로 변하게 된답니다. 미구엘은 저승에서 고조할머니 이멜다를 만나게 됩니다. 이멜다는 가족을 버리고 음악을 했던 남편에 대한 원망으로 생전에는 가족에게는 대대로 음악 금지령을 내린 사람이었습니다. 미구엘이 이승으로 돌아가지 못할까 봐 염려하는 고조할머니 이멜다의 걱정 속에서도 우여곡절의 모험 끝에 델라크루즈를 만나고 음악을 하도록 허락을 받으며 고조할머니의 배웅을 받으면서 이 세상으로 돌아오게 됩니다.

이승과 저승을 연결해서 혈육을 생각하게 하는 영화였습니다. 영화를 본 손주들은 주인공이 꿈을 이루기 위해 고군분투하는 모습이나 사후세계에서 돌아가신 분들을 만나는 장면에서 감동이 전해진 모양입니다. 우리나라와 반대편에 위치한 나라에 비슷한 문화를 가지고 있는 것을 발견하고 놀랐습니다. 돌아가신 분을 추모하는 제사와 형식은 다르지만 내재된 정서는 같은 것이었습니다.

나는 그 밤에 잠 못 들고 오랫동안 뒤척였습니다. 망자의 세계에서는 현실 세계의 친지들이 더 이상 기억하지 않고 추모하지 않으면 망자의 세계에서도 먼지처럼 흔적 없이 사라진다는 것이 머릿속에서 맴돌았습니다.

현실은 다들 시간을 쪼개며 바쁘게 삽니다. 우리는 은퇴하여 다소 여유를 가진 날들을 보내고 있습니다. 그래도 자주 자식들 얼굴을 보고 지낼 수 있는 것은 절대적으로 물리적 거리를 좁힌 산골 집을 마련한 덕분입니다. 아이들이 매화며 사과꽃, 자두꽃 피는 봄날을, 방울토마토, 오이, 딸기, 상추 등을 심고 수확하던 이곳에서의 추억을 기억하면 좋겠습니다.

내가 사라지더라도 아이들 마음속에 따뜻한 온기가 될 수 있기를 기대하며 우리가 열심히 가꾸어 온 마당에 서서 긴 생각에 잠깁니다.

# 익숙하면서도 쉽지 않은 길

지루한 장마통인데도 시원한 비는 없고 안개비만 내립니다. 거실 창에서 바라다보이는 진우도는 안개에 싸여 시야에서 흐릿합니다. 강은 흘러 바다로 와 자신의 흔적을 지우고 있습니다. 그 대신 강은 상류에서 바위를 깎아 내려와 이 하구에 열심히 모래섬을 만들고 있습니다. 풀씨들이 날아와 치등을 이루고 새들을 불러 모아 씨앗을 퍼뜨려 나무를 키우고 섬이 되었습니다. 낙동강 하구에는 땅의 모양이 수시로 바뀌고, 또 땅이 점점 면적을 넓히는 곳이랍니다.

천혜의 풍광을 눈앞에 두고도 청탁원고 마감이 다가오면 글감을 찾지 못해 고심을 합니다. 익숙하면서도 쉽지 않은 길을 10년 넘게 가고 있습니다. 특별히 뭔가 되고자 한 것은 아니었습니다. 소심한 성격을 지닌 탓에 남의 시선을 받는 것을 좋아하지도 않았습니다. 그런 나에게 글을 쓰고 등단을 한다는 것은 정말 특별한 일이었습니다. 오랜 시간 남편이 시, 수필 등등 무언가를 쉼 없이 창작하고 있었기에 글을 쓴다는 게 결코 만만하지 않다는 걸 너무나 잘 알고 있었습니다.

운명처럼 다가온 날이 있었습니다. 남편이 맥이 끊어진 강서문학을 복원하던 날, 응원차 참석했다가 강서문협의 일원이 되었습니다. 나뿐만이 아니라 강서문화원에서 발간하는 《강서문화》에 글을 실은 사람들 중 손이 닿는 사람들은 다 잡혀 들었습니다.

문학은 남편 덕분에 이미 익숙한 길이었습니다. 그래서 낙동강 연작시를 쓰는 남편을 흉내 내어 도시에서 나고 자란 내가 글의 테마를 전원생활 이야기로 정하였습니다. 도시 변두리이자 남편 고향인 서낙동강 주변으로 이사를 와서 겪었던 소소한 일상을 수필형식으로 글을 쓰게 되었습니다.

자신의 생활 이야기를 글로 쓴다는 것이 쉽지는 않았답니다. 나를 다 보여줘야 하는 부담감도 있었습니다. 그리고 나의 이야기를 재미있게 읽어 줄 것 같지도 않았습니다. 몹시 망설이고 있는 나를 옆에서 응원해 주던 남편과 강서문협회원 작가님들의 격려 덕분에 용기를 내어 수필로 《문예시대》 신인상 등단을 하게 되었습니다. 그 후로도 강서문협은 물론 물길 문예 동인으로도 활동하면서 창작 공부에 열심히는 아니지만 지속적으로 참여하고 있습니다.

어느덧 《문예시대》에 등단한 지도 14년의 세월이 흘렀습니다.

십 년이면 강산도 변한다는데 나는 아직 우물 안의 개구리입니다. 강서문협의 활동은 책임감을 가지고 열심히 하고 있습니다만, 부산문인협회의 《문학도시》에 가끔 원고 청탁이 오면 보내고 있는 게 전부입니다. 또 감사하게 배상호 회장님께서 잊지 않고 《문예시대》에 원고 청탁을 해 주어 나의 글을 실을 수 있는 기회를 만들어 주고 있어, 그때마다 쉽지는 않지만 꼬박꼬박 원고를 보내고 있습니다. 그동안 자의 반 타의 반으로 써 모아 놓은 작품들이 있어 한 권의 책을 내어야 하는데 용기가 나지 않습니다.

낙동강 하류에는 풀씨들이 날아와 풀등을 이루고 섬이 되듯이, 수목들이 제법 우거져 있어야 할 나의 글밭엔 아직 모래만 긁어모으고 있는 중입니다. 강서문협의 고마운 선후배 작가님들의 교류로 삶은 풍요로워진 것이 작가로서의 조명을 받는 것보다 행복합니다. 엉겁결에 휩쓸려 간 등단으로 인하여 부족하지만 작가의 길을 가게 되었고, 책임을 가지고 글을 쓰게 되었답니다. 어느덧 후배 문인을 응원하게도 되었습니다

거실 창 밖에 보이는 저 낙동강의 하구처럼, 강의 흔적을 지우는 날이 나에게도 올 것입니다. 강은 열심히 모래를 싣고 와 평생의 흔적인 모래톱들을 만들었습니다. 나에겐 문학의 길이 결코 익숙하면서도 쉽지 않은 길임을 잘 알고 있습니다. 그래도 진우도처럼 나무를 키운 섬은 아니어도 새가 잠시 쉬다 갈 수 있는 풀등

만큼의 모래톱 역할을 하며 나의 글밭을 계속 가꾸며 살고 싶습니다.

# 시골살이

시골에서 사는 삶은 이웃한 자연과 평화협정을 맺는 일입니다. 오랜 도시 생활에서 벗어나 이곳으로 올 때는 삶의 치열함을 과감히 버렸다고 생각하였으나, 자연도 그리 만만한 상대는 아니었습니다. 마치 물 위의 오리가 평화롭게 떠 있는 것처럼 보이지만 수면 아래는 생존경쟁의 발놀림이 치열한 것과 같군요.

흔히들 자연에서 만나는 이웃 중에 가장 감당하기 쉽다고 생각하는 게 식물입니다. 발이 없어 돌아다니지도 못하고 뽑거나 벤다고 앙앙거리지도 않고, 이 녀석이 자라려면 꽤 시일이 필요하니까 느긋하게 관리를 해도 된다고 여깁니다. 그러나 농작물이나 화초 사이로 난 잡초는 처음에 열심히 뽑다가 조금만 방심하면 식물보다 자리를 넓게 잡거나 그보다 키가 커진답니다. 그러다 고군분투 작심하고 깡그리 잡초를 없애고자 제초제를 치면 한 3개월 정도 제압되다가 언제 그랬냐는 듯 다른 종류의 풀이 끊임없이 올라옵니다. 오히려 물과 토양이 오염되어 제초제를 흡수한 농작물을 먹게 되는 후폭풍을 만나게 됩니다. 문제는 잡초란 주인이 목적으로 가꾸는 어떤 식물보다 강인한데다 성장 속도도 훨씬 빠르다는 점입니다.

그다음이 각종 벌레들인데, 특히 모기와 지네는 정말 가까이하기 싫은 이웃입니다. 산중 모기는 밤낮없이 출몰하며 한번 물리면 오래도록 가렵습니다. 모기를 퇴치하고자 방충망은 기본이고 뿌리는 살충제에 전자 모기향까지 비치합니다. 지네는 방충망으로도 해결 안 되는 강적입니다. 장마철만 되면 어느 틈새로 침입하였는지 구석구석 틈이란 틈은 테이프로 붙이고 종이로 막아도 소용이 없습니다. 방 모서리에 떡하니 길게 자리하고서 우리를 놀라게 하거나, 미처 발견하지 못하고 녀석과 한방이라도 쓰게 된다면…. 정말이지 생각만으로도 치가 떨립니다.

다음 순번은 뱀입니다. 개울의 틈새 많은 돌 축대가 주 서식지인데 종류를 불문하고 이 녀석은 만나지 않는 게 상책입니다. 만약을 대비해 봄부터 늦가을까지 밭 언저리를 오갈 때는 장화는 필수요, 긴 막대를 들고 발 앞을 휘휘 저으며 경고음을 내면서 다닙니다. 그 밖에도 머리 위를 맴도는 말벌, 팔다리에 달라붙는 개미, 나무 사이를 지나갈 때 얼굴에 그물을 착 던지는 거미 등 수없이 많습니다.

시골살이의 속을 들여다보면 이렇게 까칠한 이웃들은 자연 말고도 있답니다. 우리가 이 골짜기에 산장을 마련한 다음 날, 동네 노인으로부터 전화 한 통을 받았습니다. 내용인즉 왜 동네 어른의 허락도 없이 남의 동네에 집을 샀느냐는 것이었습니다. 시골 정서를 좀 아는 남편은 그냥 몰라서 그랬다고 죄송하다고, 이번 주말에 찾아뵙고 말씀을 드리려고 했다는 대답을 하고 있는데, 나는 이해할 수도 이해가 되지도 않는 대화였습니다. 일주일 뒤 과일주스 한 상자를 들고 그 어른댁을 방문하여 신고 인사를 하였습니다. 그리고 마을 어른들을 모두 음식점에 모셔 식사 대접으로 인사를 트고, 매년 마을 행사에 작게나마 성의껏 찬조하고 길흉사에도 적극 참여하였습니다.

시골 사람들은 보수적이지만 본성이 순박하여서 마음을 쉽게 열어줍니다. 대부분 좋은 이웃이라며 좋아하시지만, 그래도 한두 명은 소소한 텃새를 부리는 경우도 있습니다. 우리 내외를 면전에 두고서 우리가 이 동네 제일 위쪽에 살고 있는 것을 좋아하지 않는다고도 하였답니다. 그래도 시골 어른들 잘 달래는 남편의 요령 덕분에 몇 해 지나면서 결국 우리 인기는 마을의 정점을 찍게 되었습니다. 어느 산골 마을에서는 우리가 자식들 가까이 가기 위해 집을 옮긴다니 눈물을 글썽이며 배웅을 해 주기도 했습니다.

층층시하에서 자란 남편은 웃어른 모시는 일은 참 섬세하게 합니다. 마을 사람들과 어울리는 문제는 새로 들어온 우리 같은 사람들이 그분들 어려웠던 시절에 마을을 가꾸어 온 역사에 대한 감사와 함께 섬세한 배려가 있으면 해결되는 문제라고 하며 고개를 숙이는 걸 보면 평소 원칙주의자인 남편 성격과는 딴 사람이라는 생각도 듭니다. 다만 너무 가까이 알려거나 간섭은 말고, 그렇다고 너무 멀리 떨어져서 소 닭 쳐다보듯 해서는 안 된다는 지론입니다.

이런저런 힘든 이유로 가끔은 시골 생활을 포기하고 아파트를 찾아 편리하게 살고 싶은 생각도 들 때가 있습니다. 그럴 때면 우리는 얻는 것이 있으면 잃는 것도 있다면서 마음을 고쳐먹습니다. 도시에선 잘 볼 수 없는, 별이 쏟아 내리는 밤하늘, 산안개 자욱한 이른 새벽 공기, 푹푹 흙냄새를 몰고 오는 소나기, 장맛비 그친 뒤 개울물의 우렁찬 소리, 숲속에서 나는 벌레 소리, 나무와 풀꽃의 향기 등. 대가를 치르고도 포기할 수 없는 더 많은 이유들을 찾아내곤 한답니다.

낯선 속에서 익숙하지 않은 사람들이나 동식물과 평화협정을 맺기란 그리 만만하지는 않습니다. 그래도 벽 하나 사이에 두고도 낯설게 경계하는 삭막한 도회에 비하면 훨씬 수월하고도 넉넉한 사람살이인 것 같습니다. 그들의 영역에 내가 진입하였으므로 그들의 생태를 알고 이해하여 일정한 거리를 두면서도 속살속살 정겹게, 남은 시간도 잘 지내고 싶습니다.

# 세월이 가면

이별이라는 생각만 해도 가슴이 찡하고 아려오는 나이에 옮기는 보금자리는 서산 자락을 더듬는 엷은 햇살 같은 마음인가 봅니다. 낙동강이 흘러 바다와 만나는 하구, 진우도가 바라다보이는 바닷가 아파트 18층으로 이사를 왔습니다. 다행히 이른바 '오션뷰'가 있어 나에게는 꿈의 풍광이 펼쳐졌습니다. 썰물 때는 갯벌이 드러나 또 다른 모습을 보여줍니다. 멀리 어둠이 깔리기 시작하면 수평선에 고기잡이배들이 집어등을 밝히고 낮과는 다른 풍광을 이루어 새로운 위안은 되는군요.

아파트가 생리에 맞지 않아 단독주택만 골라 살았는데 결국은 세월에 밀려 이렇게 되었습니다. 아이들 근처에 산골 별장은 있지만, 우리 내외가 성한 몸으로 지역사회에서 활동하는 마지막 보금자리가 될 것 같습니다.

평생 살 거라고 남편의 서낙동강 고향 언저리 산자락에 오래된 집을 구해서는, 온갖 정성과 아이디어를 보태 수리하며 20여 년

살던 집과 헤어지기로 작정한 날은 잠을 설쳤답니다. 지도상으로야 여전히 강을 끼고 있는 이웃 마을이지만 정든 집을 떠난다는 것은 쉬운 일이 아니었습니다. 지난날의 추억들이 켜켜이 책갈피를 일으켜 세웁니다.

단칸방 전세로 시작한 신혼이 어느덧 변두리 산비탈의 손바닥만 한 단독주택으로 독립하고, 아파트에 잠시 머물기도 하였지만, 더 넓은 공간을 찾아 교통이며 주거환경도 불편한 낙동강 자락으로 이사를 왔습니다. 남편이 평생을 맴돌던 낙동강 자락입니다. 도시에 가깝고 해서 전원에 살고자 했던 우리에게는 집값도 싸고 매력이 있는 곳이었습니다.

야산 자락의 강동 집은 많은 추억들을 쌓았던 곳입니다. 천장에 들락거리던 쥐와, 방안에 출몰하던 지네, 마당을 배회하던 뱀까지 징그러운 경험도 많았지만, 마당의 우물은 남편이 옛 시절을 추억하면서 그렇게도 좋아했던 낭만의 기념물이었습니다. 돌을 쌓아 정성스레 만들어진 우물, 수질이 좋아 동네 사람들이 물을 길으러 왔다는 얘기를 간직한 우물이었습니다. 우물 옆 수십 년 된 회화나무도 그랬답니다. 전에 세 들어 살던 분이 나무를 죽이려고 껍질을 벗겨 기름칠한 것을 황토를 발라 살뜰히 챙겨 살렸습니다. 이 나무가 울안에 있으면 학자가 난다는 믿음이 있어 나는 은근히 우리 아이들에게 기대를 걸기도 한 나무입니다. 선비를 상징하는 능소화도 대문가에 큼직하게 우거지게 해서 꽃이 귀한 여름이면 온 골목을 주홍빛으로 물들였습니다. 마당은 좁은데 온갖 과실수며 꽃나무가 빼곡했던 작은 집. 그리고 마당 한쪽에 떡하니 자리했던 20평짜리 나의 도자기 공방. 공방 안 차실 창에서 바라보던 자두나무꽃.

시간이 흐르자, 오랫동안 그린벨트로 묶여 있었던 이곳은 마을 주민들의 오랜 숙원이라며 마을을 중심으로 가장자리부터 그린벨트가 해제되었습니다. 하지만 역효과도 있어 신축한 공장들이 성벽처럼 마을 가장자리를 차지하는 바람에 우리가 꿈꾸던 전원마을은 사라져 버렸습니다. 게다가 20년 세월을 더 보태어 수리를 해온 집이지만, 낡고 낡아 비바람이라도 치고 나면 손이 자꾸 가서 관리가 힘들어진 집입니다. 마을 골목길 확장은 계획을 세운 지 20년이 넘어도 꿈쩍도 않고, 방금이라도 재개발을 시작한다며 공항이니 과학 특구니 하면서도 자꾸만 계획이 달라지는 국가행정에 남편은 과감하게 용단을 내렸습니다. 이젠 나이 들어 더 관리하기가 힘에 부치니 이 집에 대한 미련을 버리고 아파트로 이사를 가기로 했습니다. 세월이 가면 삶의 방식도 변해야 하는 것 같습니다.

몇십 년 전, 시어머님께서는 "새가 둥지를 자주 옮기면 깃털이라도 빠진다."고 말씀하셨습니다. 지난 세월 가만히 돌이켜 보면 마음 아픈 이사도 제법 한 것 같습니다. 셋방을 전전하던 남편의 용단으로 지은 감천 천마산 자락의 첫 번째 단독주택은 아이들 잘 크고 자란 첫사랑이라 기억을 놓지 못하고 있고, 낙동강변 아파트는 체질에 안 맞는 격식이었고, 두 번째 강동 집은 늘 마당에 과일나무며 꽃나무를 빼곡히 심고 열심히 가꾼 그리움이 그득합니다.

지난 세월을 되돌아 생각해 보면 산속 농원에 참 많은 나무를 심고 즐긴 후에 다시 그곳을 떠났습니다. 우리가 심은 어린 묘목들이 꽃 피고 열매 맺는 나무로 자라 누릴 만큼의 때가 되었을 때, 우리가 심고 싶은 나무를 원하는 대로 다 심어 그 땅에 더 이상 심을 곳이 없을 때 그곳을 떠나게 되었던 것 같습니다. 봄이면 거실 창 앞에 남편이 묘목 때부터 형태를 잘 잡은 매화나무가 있었고요, 차나무의 새싹이 향기로운 상상을 자극했습니다. 뒷밭 오래된 돌배나무의 환한 꽃 자태. 눈을 감으면 대문 어귀의 벚나무, 자목련 등이 열병식을 하며 지나갑니다. 이 모든 풍광들이 추억처럼 남아 떠오르지만, 남편의 노고와 세월을 생각하면 그 언젠가 어머님께서 말씀하신 새의 깃털이 생각나서 아쉬운 마음이 절절해져 오기도 합니다.

우리 결혼기념일에 부산 원예고등학교 행사에서 산 일년생 분홍매화와 느티나무. 새끼손가락 같던 나무가 차츰 굵어지자 더 큰 화분으로 옮겨 심다가 이제는 이곳 충청도 산골 집 마당에 뿌리를 내렸습니다. 40여 년 세월을 애지중지 함께 한 인연 깊은 나무들입니다. 매화와 달리 느티나무는 땅의 기운을 받자 금세 기지개를 켜면서 큰 그늘나무로 쑥쑥 자라 제법 고목의 위용을 보여주네요. 지금이 마지막이라며 몸을 기댄 충청도 산골 집도 언젠가는 털고 일어서야 하겠지요.

세월이 가면 모든 것이 변합니다. 아이는 자라 어른이 되고 묘목은 자라 제 품성을 지닌 나무가 됩니다. 어른은 다시 노인이 되어 자신이 심은 나무 밑 그늘로 돌아가는 세월이 오겠지요. 나와 남편이 가꾼 많은 나무 중 몇 그루는 이 모든 추억을 겹겹이 두른 거친 껍질로 남아 고목의 풍모를 오래도록 보일 수 있기를 소망해 봅니다.

<평설> 김석순 수필집 『삶에도 바람이 분다』

# 사람과 자연 합일의 수필 미학

박희선

(수필가, 문학평론가, 우하 박문하 문학상 운영위원장)

## 들머리

김석순 수필가를 알게 된 것은 오래전 일이었다. 그는 나를 몰라도 나는 그의 수필을 통해 알고 있었다. 동인지에 실린 수필 한 편을 읽으면 마음이 푸근했다. 행간마다 선한 기운이 화르르 돋아나 부산수필문협에 입회하길 여러 차례 권했다. 그럴 때마다 바쁘다는 이유로 손사래를 쳤다. 그는 아무나 할 수 없는 일, 누구도 할 수 없는 일을 얼마나 많이 하며 살았는지 오늘에야 조금 짐작하게 되었다.

김석순은 공방을 운영하는 수필가이며 다도 선생이다. 차꽃이 만발한 산골에서 도자기에 자두 꽃을 피우며 간결한 삶을 즐긴다. 도시에 살면서 누구나 한 번쯤 꿈꿔왔던 전원생활이지만 꿈으로만 남기 일쑤다. 그 어려운 일을 서낙동강 기슭에서, 밀양에서, 지금은 충청도 산골 운경산원에서 귀한 세화를 이어간다.

김석순 수필가는 《문예시대》로 등단한 지 14년 차다. 햇수로 따지면 수필 두세 권은 나올 법한데 이제야 첫 수필집 『삶에도 바람이 분다』를 세상에 내보낸다. 그는 작가의 말에서 '문학의 너른 잔디밭에서 인연 따라 조심스레 피운 꽃맺이를 묶었습니다.'로 수필 한 편 한 편이 모두 꽃임을 보여준다.

첫 수필집 『삶에도 바람이 분다』는 4부로 나뉘었다. 제1부 「삶에도 바람이 분다」 외 9편, 제2부 전원의 불청객들인 「쥐와의 동고동락」 외 9편, 제3부 「차꽃 피는 산골」 외 9편, 제4부 「세월이 가면」 외 8편을 경어체로 엮었다. 경어체 수필 40여 편엔 알퐁스 도데의 단편 소설 '별'의 간결한 문장이 와르르 쏟아졌다. 자연과 자연을 따라가면 그의 온화한 모습이 배경으로 깔렸다. 그동안 살면서 한 번도 누려보지 못한 전원일기에 흠뻑 젖어 들어 몇 밤을 즐겼다.

김석순 수필가에게 자연은 수필의 핏줄이다. 푸른 핏줄은 문장마다 넘치지도 부족하지도 않게 적당히 흐른다. 그의 수필 내용은 헨리 데이비드 소로의 '월든'을 읽는 듯하다. 자연과 눈 맞춘 심미적 교감은 정겹다 못해 경이롭다. 사람과 자연, 자연과 사람이 통섭하며 온전한 삶을 일궈 내는 진지한 태도도 시선을 놓아주지 않는다. 월든 호숫가의 오두막이 사람과 작은 짐승의 보금자리라면 그의 수필에 나타난 저녁놀을 바라볼 수 있는 거처는 숲속 미물의 발걸음이 수시로 머물다 가는 곳이다.

### 1. 바람과 바람의 합일

수필 「삶에도 바람이 분다」에 나타난 바람(望)과 바람(風)은 동음끼리 만나 성공한 삶을 일궈 낸다. 서낙동강변에서 꽃노을을 바라보며 맴돌던 남편을 전원생활로 밀어낸 것도 바람의 힘이다. 존재의 현존은 바람몰이의 그 바람을 맞고 현장감 넘치는 전원생활을 조곤조곤 독자에게 전한다.

> 자연에서는 나무를 튼실하게 뿌리 내려 잘 자라도록 바람이 불어줍니다. 봄에 부는 바람은 꽃의 수정을 위한 실바람으로, 가을바람은 씨앗을 멀리 날려주는 간들바람으로 산과 들을 맴돌아 나무의 세상은 넓어지고 뿌리의 생각도 깊어집니다. 삶에도 이런 바람이 불어와 꿈을 꾸고 실현하고 뿌리내리게 하나 봅니다.
>
> -「삶에도 바람이 분다」에서

그들의 삶에 좁쌀만 한 여유가 생기자 바람(望)을 등에 업고 전원주택을 찾아 나선다. '자연의 첫 품속은 도시 변두리 산자락의 자그마한 단독주택이었습니다. 열 평도 채 못 되는 마당을 그야말로 정글로 만들었습니다.' 현재는 과거와 미래를 잇는다. 좁은 정글에서 다시 남편의 고향 서낙동강변 농촌으로 삶터를 옮긴다. 그것도 모자라 '우리는 또다시 더 깊은 산골 버려진 값싼 땅을 사서 별장을 만들기로 했습니다. 십 년쯤 지나 은퇴 후를 대비한 것이지요. 남편은 무릉도원을 꿈꾸었습니다.'로 새로운 바람(望)을 심는다.

> 그동안 우리는 우리가 지향하는 바람(望)에 따라 숱한 바람(風)을 불러왔나 봅니다. 아이들과 함께 어울린 이곳의 전원 바람은 어쩌면 우리 인생에 마지막이 될 것 같습니다. 머잖은 날, 우리 내외가 온전히 고향을 떠나올 무렵이면 이곳도 예전의 산골 농원처럼 초록색으로 일렁이겠지요. 그 무렵이면 전원을 향해 설레던 우리 부부의 바람도 조용히 제 자리를 맴돌다 추억의 세월을 그리면서 황혼 속으로 가만히 잦아들겠지요.
>
> -「삶에도 바람이 분다」에서

그들의 바람(望)은 곧 현실이 되지만 바람의 방향은 예측하지 못한다. 우리에게 영원한 것이 없듯 잘 가꾼 산골농원에 대한 애착도 내려놓을 수밖에 없다. 아이들의 생활권과 좀 더 가까운 충청도 산골로 옮겨 잔디와 토끼풀의 경계에서 실랑이를 벌인다.

수필 「낭만과 현실 사이」는 충청도 산골 집에 내린 눈에 대한 서사다. 바람(望)은 바람(風)을 타고 부산에서 볼 수 없는 낯선 풍경을 선물처럼 안긴다. 밤사이 펑펑 내린 함박눈, 소나무 군락 위에 쌓인 눈이 그려낸 수묵화, 눈이 귀한 도시에 살다가 창 쪽 커튼을 열었을 때의 감격 어린 순간은 무아지경이다. 하지만 푼푼한 낭만은 곧이어 현실을 들이민다.

> 한파 주의보가 내리더니 충청도 산골 집에 밤새 눈이 내렸습니다. 전형적인 경상도 아지매라 눈만 보면 좋아라 하는 짓이 마치 뒷집 흰둥이 같습니다. 남편은 밖에 매달아 둔 온도계가 영하 14도로 내려갔다며 연신 휴대폰으로 인증샷을 찍어 지인들에게 눈이 온 풍경과 함께 보낸다고 야단입니다. 본가가 있는 부산 강서구는 해맑은 하늘이라네요.
>
> -「낭만과 현실 사이」에서

> 낮에 내리는 함박눈을 거실 창에서 바라보면 전혀 다른 세상에 온 것 같은 착각이 들 정도로 환상적입니다. 밤사이 나도 모르게 살짝 내린 눈도 신세계를 펼쳐 보입니다. 가끔 꿩 한 마리가 눈 쌓인 논 위로 먹이를 찾아 걸어 다니는 것을 보게 되면 그저 나도 자연의 일부임을 느끼기도 한답니다.
>
> -「낭만과 현실 사이」에서

현실은 작가에게 낭만 속을 거닐게 만은 하지 않는다. 신산함도 버무려 인내심을 키우도록 눈바람을 일으킨다. 눈길 800미터를 치워야 마을버스가 다닐 수 있다는 것도 처음 겪는 일이다. 그러나 작품에 드러난 작가의 성품은 현실은 잠시, 낭만을 즐기며 설국 속의 자연을 마음껏 누빈다. 먹이를 찾는 '꿩과 나'의 합일을 통해 자연의 일부라는 사유는 더없이 해맑다. 사람과 짐승의 다님 길은 수십 길도 더 될 텐데 하필이면 눈 쌓인 이곳까지 찾아오다니, 그의 애틋한 생각은 사각사각 소리를 내며 독자를 끌어당긴다.

### 2. 해학수필로 품은 감동, 쥐와 함께 살다

김석순 수필가의 수필 맥은 묘사력이다. 장면 장면마다 그 현장을 영상물처럼 펼친다. 또한 수필 전편은 문장과 문장 간의 터울거림이 없어 쉽게 읽힌다. 수필의 진수는 작가는 힘들게 쓰고 독자는 쉽게 읽을 수 있어야 한다는 이론에 걸맞은 작품이다. 격조 높은 해학이 깔려 있어 깊은 우울감도 가볍게 한다. 갈등이나 배신이란 단어는 오래 머물지 않는다. 밀물 썰물이 숱한 발자국을 지우듯 언뜻 보이다 사라지면 그 빈자리엔 감동이 성큼 들어선다.

수필 「쥐와의 동고동락」 첫 문단 첫 문장에 '나는 결혼 이후 40년 동안 항상 쥐와 더불어 살고 있습니다.'로 서술한다. 남편이 쥐띠임을 은근히 밝히며 글 문을 연다. 사실 김석순 수필가보다 남편 서태수 작가의 면면을 더 알고 있는 터라 나오는 웃음을 삼키며 수필 행간을 넘나든다. 감히 부르지 못해 묵독으로 끝낼 별명이지만 많기도 하다. 직업이 선생이라고 얻은 '서샌', 두목이라고 '쥐대가리', 키가 작다고 '쥐꼬리', '쥐똥', 눈이 작다고 '쥐눈'을 비롯해 다 나열할 수 없다. 한국 문단에 이리도 많은 별칭을 가진 작가도 드물 것이다.

내 주변에 쥐가 많은 것은 아마도 팔자소관인 것 같습니다. 사실은 내 바로 옆에도 늘상 큰 쥐가 한 분 붙어살거든요. 성마저도 서(徐)씨인 남편은 쥐띠에다 자시(子時)에 태어나 운명적으로 평생을 쥐와 관련된 별명을 지녔다고 합니다. 사실 말아야 바른 말이지, 가만히 보면 하는 짓까지—남편에게 이건 좀 죄송스런 표현이지만—꼭 쥐를 빼닮아 늘상 사부작거리고 바스락대는 성격이라 본인도 '나는 자타가 공인하는 쥐'라고 그럽니다. 내가 쥐 인형 한 마리를 사서 남편 차의 운전석에 우아하게 뉘어놓았더니 몇 년째 좋아라 하면서 데리고 다닙니다. 남편은 자기 별명에 대해 매우 우호적이라 친구는 물론 제자들도 쉽게 별명을 부르고 또 아무렇지도 않게 대답을 하는 것을 많이 보았습니다. 제가 들은 것만 해도 그 별명

> 들이 점잖게는 '서생원(鼠生員)', 직업까지 겸한 '서생', 나이 대접을 하는 '쥐서방', 두목이라고 '쥐대가리', 그냥 무덤덤한 '쥐'에서부터 키가 작다고 '쥐꼬리', 눈이 작다고 '쥐눈', '쥐똥' 등 이루 말할 수가 없습니다.
>
> -「쥐와의 동고동락」에서

쥐란 녀석은 예고도 없이 불쑥 튀어나온다. 김석순 수필가는 오랜 세월 동안 쥐와 함께 살아서인지 천장에서 쥐 소리가 나지 않으면 불길한 마음까지 든다. '가족들 몽땅 데리고 이사를 갔나?' 눈에 띄지 않으면 혼자 중얼거리며 귀를 쫑긋거린다. 어렵고 어려운 시절에 쥐 잡는 날은 잊히지 않는다. '매월 25일이 되면 온 나라가 일치단결하여 벌이던 소탕 작전에도 쥐꼬리 잘리지 않고 굳건히 살아남은 녀석들'의 강인함에 적당한 거리에서 공존할 수밖에 없다. 그 과정에서 작가는 '의미 없이 존재하는 것은 없다.'는 깨달음의 경지에 닿는다.

「쥐와의 동고동락」이 작가의 남편과 관련된 수필이라면 「덫에 걸린 쥐」는 비 오는 날 덫에 걸린 어미 쥐의 애잔한 서사다. 인간이기 때문에 끊임없이 생각하고 성찰하는 작가의 독백을 고스란히 녹여낸 작품이다. 벼락틀, 끈끈이, 쌀알 쥐약을 비롯해 잡는 방법도 다양하지만, 부지기수로 늘어나는 수를 줄이지 못한다. 그러다 벼락틀에 걸린 쥐를 보며 젖먹이를 둔 어미 쥐를 떠올린다. 작가는 즉자 존재가 아니라 누구도 흉내낼 수 없는 대자 존재다. 작품 속엔 생명 존중 사상이 그윽하게 배어있다.

> 우산을 받쳐 든 남편이 창고 문을 빼꼼히 열자 창고 안에는 빗물에 젖은 큰 쥐가 동그란 눈을 새까맣게 뜨고는 놀란 표정으로 입을 짝짝 벌리며 경계하고 있습니다. 그런데 그 옆의 시멘트 바닥에는 방금 낳은 발가숭이 새끼 예닐곱 마리가 흩어져 있는 것이 아닙니까. 순간, 우리 내외는 서로 얼굴을 바라보며 할 말을 잃어버렸습니다. 새끼 쥐 중의 서너 놈은 약하게 꼼지락거리고 있었지만 나머지는 꿈쩍하지를 않아 죽었는지 살았는지 알 수가 없었습니다. 생각해 보니 밤에 벼락틀에 다리가 잡힌 녀석이 쥐틀을 끌고 이 창고 쪽으로 와서는 또 필사적으로 구멍을 뚫고 안으로 들어간 것입니다. 그러나 조그만 구멍으로 쥐틀을 끌고 갈 수가 없어 몸만 안으로 들어가 새끼를 낳은 모양입니다. 아마도 긴급한 상황을 당하여 어쩔 수 없는 조산(早產)한 것일 수도 있겠지요.
>
> -「덫에 걸린 쥐」에서

작가는 작가만의 눈으로 상황을 지켜본다. 그 상황은 깊은 사고의 작용으로 아름답거나 혹은 애절하게 반영한다. 쥐틀에 발이 잡힌 어미 쥐는 쥐구멍으로 쥐틀을 끌고 창고 안으로 들어갈 수 없다는 것, 몸만 겨우 디밀어 '새끼 예닐곱 마리를 낳았겠다.'는 추측에 몽땅 잡겠다는 욕심은 멀어진다. 작가의 남편은 오므라진 벼락틀을 벌려 어미 쥐를 놓아준다. 새끼 쥐는 비를 맞지 않도록 밀어 넣고 창고 문을 닫는다.

> 막상 내 눈으로 그런 모습을 직접 확인하고 보니 이런저런 경험들을 한번 돌아보게 되는가 봅니다. 사실 지금까지 우리 내외가 숱하게 잡아서 묻은 놈 중에는 새끼를 밴 놈, 젖먹이를 둔 어미도 있었을 것입니다. 일 년에 만 원짜리 쥐약을 몇 개나 사들이면서 열심히 소탕전을 벌여왔음에도, 오늘 아침에는 그 어미 쥐를 살려준 남편의 마음이 참 깊었노라고 생각했습니다. 만약에 그냥 몽땅 죽여버렸으면 그 고물거리는 새끼들 모습이 두고두고 얼마나 긴 세월을 내 눈에 아른거리며 나를 괴롭히겠습니까.
>
> -「덫에 걸린 쥐」에서

마음을 졸이며 줄곧 다음 문장을 따라간다. 피를 흘린 어미 쥐와 쥐틀에 물린 채 낳은 새끼는 무사한지, 시간이 지난 뒤 창고 문을 열었더니 쥐 가족의 흔적은 어디에도 없다. '오늘 아침에는 그 어미 쥐를 살려준 남편의 마음이 참 깊었노라고 생각했습니다.' 독자들은 안도의 숨을 쉬며 충만한 시간을 보냈을 것이다.

### 3. 익숙하면서도 쉽지 않은 길 따라

수필 「익숙하면서도 쉽지 않은 길」을 읽으면 오스트리아 물리학자 슈뢰딩거의 고양이가 떠오른다. 독가스를 마신 상자 속 고양이를 두고 죽었는데 살아있고, 살았는데 죽었다는 것, 반쯤 죽어있다는 것과 반은 죽어있다는 것은 어떻게 다른가. 죽었단 말인가, 살았단 말인가. 그게 양자 이론인가. 그 방면에 문외한인 나는 뚜껑을 열어봐야 생사를 알 수 있다.

> 문학은 남편 덕분에 이미 익숙한 길이었습니다. 그래서 낙동강 연작시를 쓰는 남편을 흉내 내어 도시에서 나고 자란 내가 글의 테마를 전원생활 이야기로 정하였습니다. 도시 변두리이자 남편 고향인 서낙동강 주변으로 이사를 와서 겪었던 소소한 일상을 수필형식으로 글을 쓰게 되었습니다.
>
> -「익숙하면서도 쉽지 않은 길」에서

> 낙동강 하류에는 풀씨들이 날아와 풀등을 이루고 섬이 되듯이 수목들이 제법 우거져 있어야 할 나의 글밭엔 아직 모래만 긁어모으고 있는 중입니다. 강서문협의 고마운 선후배 작가님들의 교류로 삶은 풍요로워진 것이 작가로서의 조명을 받는 것보다 행복합니다. 엉겁결에 휩쓸려 간 등

단으로 인하여 부족하지만 작가의 길을 가게 되었고, 책임을 가지고 글을 쓰게 되었답니다. 어느덧 후배 문인을 응원하게도 되었습니다.

-「익숙하면서도 쉽지 않은 길」에서

김석순 수필가는 '익숙하면서도 쉽지 않은 길'이 문학의 길이라 말한다. 익숙하면 쉬울 텐데 왜 쉽지 않은가. 상자 속 고양이처럼 반은 쉽고 반은 어려운가. '익숙하면서도 쉽지 않은 길을 10년 넘게 가고 있습니다.' '오랜 시간 남편이 시, 수필 등등 무언가를 쉼 없이 창작하고 있었기에 글을 쓴다는 게 절대 만만하지 않다는 걸 너무나 잘 알고 있었습니다.' 많이 보았기 때문에 익숙하고 그 때문에 결코 쉽지 않은 문학의 길임을 보여준다. 작가는 그 길을 14년 동안 걸어왔고 앞으로도 계속 갈 것이다.

「세월이 가면」은 많은 추억이 서린 강동집을 떠나면서 이별을 깊이 생각하게 하는 작품이다. 산기슭에 뿌리내린 전원생활에서 간편한 아파트로 주거지를 옮긴 것은 세월이 밀어낸 아쉬움이기도 하다. '이별이라는 생각만 해도 가슴이 찡하고 아려오는 나이에 옮기는 보금자리는 서산 자락을 더듬는 엷은 햇살 같은 마음인가 봅니다.' 잔잔하게 풀어놓은 이별에 대한 서사는 감미롭다.

마당은 좁은 데 온갖 과실수며 꽃나무가 빼곡했던 작은 집. 그리고 마당 한쪽에 떡하니 자리했던 20평짜리 나의 도자기 공방. 공방 안 차실 창에서 바라보던 자두나무꽃. 시간이 흐르자 오랫동안 그린벨트로 묶여 있었던 이곳은 마을 주민들의 숙원이라며 마을을 중심으로 가장자리부터 그린벨트가 해제되었습니다.

-「세월이 가면」에서

세월이 가면 모든 것이 변합니다. 아이는 자라 어른이 되고 묘목은 자라 제 품성을 지닌 나무가 됩니다. 어른은 다시 노인이 되어 자신이 심은 나무 밑 그늘로 돌아가는 세월이 오겠지요. 나와 남편이 가꾼 많은 나무 중 몇 그루는 이 모든 추억을 겹겹이 두른 거친 껍질로 남아 고목의 풍모를 오래도록 보일 수 있기를 소망해 봅니다.

-「세월이 가면」에서

김석순 수필가는 인연 깊었던 자연과 헤어져 충청도 산골로 옮겨간다. '지금이 마지막이라며 몸을 기댄 충청도 산골 집도 언젠가는 털고 일어서야 하겠지요.' 수필의 행간마다 달달한 웃음을 머금고, 때로는 감동으로 마냥 신나게 달려오다가 이 시점에선 쓸쓸함이 묻어난다. 빼곡하게 자라던 나무, 스무 평 남짓한 도자기 공방, 그 안의 차실을 두고 접는다는 것은 결코 쉬운 일이 아니다. 하지만 세월이란 잣대를 들이대면 이해하지 못할 일이 없다.

'아이가 자라 어른이 되는 것, 어른은 노인이 되어 내가 심은 나무 밑 그늘로 돌아가는 세월이 올 것이다.'에 초점을 맞춰 시간의 흐름에 순응한다.

### 운명처럼 다가온 작가의 길을 응원하며

수필가 김석순의 『삶에도 바람이 분다』 수필집엔 낙동강과 자연의 강, 두 강이 유유히 흐르고 있다. 낙동강 기슭엔 사람과 사람의 인연이, 자연의 강엔 작은 짐승과 나무와 풀과 꽃이 세월 따라 일렁이며 사람과 자연 합일의 정점을 이루고 있다.

작가의 길에서 만난 귀한 인연은 그에게 자칫 삭막해지려는 마음을 다독이는 단비 같은 존재다. 강서문협 회원들과 어깨를 겯고 교류한 것도, 강서문화원이 주최한 제1회 이순신 장군 부산대첩 대제 행사 다회도, 도자기 공방 내실 〈고운차실〉에서 차를 달이는 일도 꽃노을을 볼 수 있는 낙동강이 맺어준 소중한 연결고리다. 다소곳한 모습으로 찻자리를 준비하고 제자들과 차담을 나누던 작가는 낙동강의 인연을 오래도록 기억할 것이다.

자연의 강엔 동화가 흐른다. 그의 수필을 감싸고 있는 자연과 나누는 교감은 잠든 오감을 부추겨 공감각으로 풍요롭게 한다.

알퐁스 도데 '별'의 온화한 문체가, 소로의 '월든' 숲속에서 거니는 듯한 김석순 수필가의 자연 교류 수필이 물길을 따라 나직이 속살거린다.

문학의 길은 쉽지만 좋은 수필 쓰기는 결코 만만하지 않다. 붓 가는 대로 쓰면 느슨해지고 형식에 얽매이다 보면 감성이 부족해 삭정이처럼 뻣뻣하다. 꿈틀대는 의식을 완전한 내 것으로 만들기는 더 어렵다. 그럼에도 내가 투영된 전원생활 속에서 사람과 자연의 합일이란 담론을 끌어낸 그의 글은 상처받은 마음이 종주먹을 들이댈 때 읽고 싶은 수필이다.

수필가 김석순의 부드러운 예술적 취향은 쉽고도 어려운 작가의 길을 더 빛나게 할 것이다.